箴言赋

邹顺康·著

西南大学出版社
国家一级出版社 全国百佳图书出版单位

图书在版编目（CIP）数据

箴言赋 / 邹顺康著. -- 重庆 : 西南大学出版社,
2025. 7. -- ISBN 978-7-5697-3074-6

Ⅰ. I227.9

中国国家版本馆CIP数据核字第202537HC40号

箴言赋

ZHENYAN FU

邹顺康　著

策划编辑 / 袁　理

责任编辑 / 李　君

责任校对 / 陈铎夫

装帧设计 / 阅道文化　夊十堂_朱璇

排　　版 / 南京市玄武区夊十堂文化中心

出版发行 / 西南大学出版社（原西南师范大学出版社）

　　　　　地　　址 / 重庆市北碚区天生路2号

　　　　　邮　　编 / 400715

　　　　　网上书店 / https://xnsfdxcbs.tmall.com

印　　刷 / 重庆美惠彩色印刷有限公司

成品尺寸 / 170 mm × 240 mm

印　　张 / 10.75

字　　数 / 170千字

版　　次 / 2025年7月 第1版

印　　次 / 2025年7月 第1次印刷

书　　号 / ISBN 978-7-5697-3074-6

定　　价 / 58.00元

本书如有印装质量问题，请与我社市场营销部联系更换。

市场营销部电话 / (023)68868624　68367498

西南大学出版社美术分社欢迎赐稿。

美术分社电话 / (023)68254657

序

　　看到这本书，我想大家首先会对书名感到陌生。何为"箴言赋"？翻阅辞海，似乎并没有"箴言赋"这个概念。但我想大家一定对"赋"这一文体非常熟悉，作为中国流传千年的传统文体，"赋"介乎于诗歌和散文之间，讲究文采、韵律和节奏。其最早出现于诸子散文中，叫"短赋"；以屈原为代表的"骚体"是诗向赋的过渡，叫"骚赋"；汉代正式确立了赋的体例，叫"辞赋"；魏晋以后，日益向骈对方向发展，叫"骈赋"；唐代又由骈体转入律体，叫"律赋"；宋代以散文形式写赋，叫"文赋"。"文赋"体现了赋在文体演变中的散文化趋势，与之前的古典赋文讲究骈偶、音律、句式参差相比，文赋在行文风格上显得更加自由与自如，对骈偶、押韵等要求也相对宽松。就内容而言，赋文咏颂的范围非常广泛。有"写景"的，如张衡的《西京赋》和《东京赋》，两篇赋文描绘了汉朝西京长安与东京洛阳的壮丽景象；有"描物"的，如欧阳修写风的《秋声赋》、谢惠连写雪的《雪赋》；有"叙史"的，如杜牧的《阿房宫赋》，通过对阿房宫兴建及毁灭的描写，总结了大秦王朝皇帝骄奢亡国的历史教训；有"抒怀"的，如庾信的《哀江南赋》，表达了庾信对南朝梁朝灭亡的哀痛和对个人身世的感慨；有"言志"的，如苏轼的《赤壁赋》，记叙了自己被贬谪黄州期间与朋友们月夜泛舟游赤壁的所见所感，在怀古伤今中展现出作者达观开阔的胸襟；有"传情"的，如曹植的《洛神赋》以洛神宓妃的形象为中心，展开了一幅充满浪漫主义色彩的神话画卷，反映了作者对理想爱情和美好生活的追求，等等。比而较之，这本《箴言赋》又应该属于哪一个范畴呢？

其实这本赋文集，我最初拟用的书名叫《训赋集》。那么"训赋"又是什么赋呢？为什么这本《训赋集》后又改名为《箴言赋》了呢？要回答这些问题，我得从这本赋文集诞生的真正缘由——"文化建设"说起。

任何一个民族、国家或是社会组织都非常重视自身的文化建设，因为文化水平是体现其发展"软实力"的重要标志。在组织文化的建构中，精神文化作为一个组织所倡导的核心价值观，居于整个文化体系的中心地位，彰显着一个组织最根本的价值取向和精神追求。为便于组织成员领悟和理解，在文化创建中往往用最简洁、最清晰、最直接的方式将其所倡导的核心价值观鲜明地表达出来，这种既浓缩精华，又大道至简的文化体裁就是"训"。因此，在各组织的文化建设中，校有"校训"、厂有"厂训"、院有"院训"，等等。

"训"的表达言简意赅，在几个字、一两句话中往往包含了非常丰富的思想内容。就文化表达而言，"训文"的那几个字、那几句话几乎人人都能识读，"训文"的表达做到这一点其实是非常重要的，因为这是文化认知的前提。有了这一前提，才可能有对文化的认同与接受，并在此基础上形成文化信仰与文化自信，最终形成高度的文化自觉。所以，"训文"的文化表达方式是真正地将深刻的"大道"寓于在了"至简"的表现形式之中。然而，这样的文化表达方式反过来又很容易让人们陷入一种自我的"意识陷阱"之中。每一个人都是非常轻松自然地就对"训文"进行了识读，其中没有一个字自己不认识，"训文"所表达的意思似乎也非常明白，于是在训文"至简"的形式中陷入自我的"意识陷阱"，以为自己已经明白了"训文"的意思，其实并没有完全领悟其中所蕴含的深邃思想和精神境界。这就是"大道"寓"至简"易，"至简"悟"大道"难。比如，在中小学校"一训三风"的校园文化建设中，很多学校的"校训"不过就是挂在墙上或刻在石头中的一句口号而已，学校师生并没有在念得顺溜顺口的校训中真正领悟到其中的文化精神，更遑论将这种精神转化为自身的内生动力和价值追求，因此也就无法对推动良好"三风"（学风、师风、校风）的形成产生积极的影响。这样的现象让我意识到，文化建设既要善于化"大道"于"至简"，也要善于析"至简"以悟"大道"，于是便有了我二十年前开始为"训"作"赋"的尝试，其目的就是希望通过一篇"赋文"全面深刻地解析"训言"中的哲理，以帮助人们更好地领悟其蕴含的人生道理。而在我看来，言简意赅的"训"其实就是一句箴言，因此我也常常将自己为"训"所创作的"赋"称之为"箴言赋"。为"训"作赋，就是为这句箴言作赋，就是要通过"赋文"将这句箴言之中所蕴含的深邃思想、价值追求和精神境界解读清楚，帮助人们深刻领悟在"至简"的箴言中所蕴含的"大道"，以启迪人们的心智。因此，我认为"箴言赋"除了要讲究传统赋文中应该具有的骈偶、对仗、音韵，以体现赋文兼诗歌和散文之美外，关键在于要富有思辨与哲理，这才是"箴言赋"之灵魂。从这个视角来看，"箴言赋"除了要具有传统文赋的共同特质外，还应具有哲学的笔调与文风气质，唯有如此才能算得上是一篇上等"箴言赋"之佳作。

自我二十年前为某单位文化建设创作第一篇"训赋"开始，让我自己也没有想到的是，居然受到了大家的认可和喜爱，所以这一写就一发不可收拾了。二十年来，我为很多单位（主要是学校）创作过"训赋"，于是有了今天这本集合了"训赋"的《箴言集》的面世。

不过话说回来，虽然为"训"作"赋"有一些别出心裁，但当这本赋文集真要付梓出版之际，我内心还是甚为惶恐和忐忑的，毕竟自己古文功底疏浅，就这样贸然以赋作文，只有恳请方家教正了。

邹顺康
二〇二五年二月十七日

目录

各美其美　卓尔缤纷

各美其美　卓尔缤纷^①

天地浩荡，大美乾坤^②；物丰品茂，景象万千。言其类，不胜枚举；观其形，百态千姿；展其貌，不可胜览；究其质，迥异相殊。然论其美者，虽造物之主亦不能判之也^③。若兽奔于野，鱼潜于渊，鸟翔于云，虫匿于阴，皆各顺其天性之所宜，又何言孰美，孰不美？若花开四季，草繁春夏，菌生晦朔^④，树长千年，皆各秉其天赋之所适，又焉得孰美，孰不美？人以己之好恶，而辨物之美丑，实为虚妄之谬见也！故物本自然，不凡也凡，各美其美，怡然自得。

异类相分，其道若是；同类相较，其理亦然。鹤有长足，雁有蹼掌，皆禽也。汝以为鹤足与雁掌孰美？麟有锐角，虎有利齿，皆兽也。汝以为麟角与虎齿孰美？墨菊怒放深秋，红梅吐蕊寒冬，皆花也。汝以为墨菊与红梅孰美？麦冬之实可入药^⑤，箭竹之材可为器^⑥，皆草也，汝以为麦冬与箭竹孰美？天地同道，万物同理。人虽同其类，然性有男女之别，身有高矮之分，形有大同小异，貌有千差万别，禀赋各得其承，才智各有千秋，安得以一而论其美者乎？人不可见人之美而卑己，亦不可见己之美而贱人。予齿者去其角，傅翼者两足^⑦，天均万物而美之。故天生我材，凡也不凡，各美其美，自得怡然。

知己之美于人者，知人之美于己者，皆自知之明者也。有自知之明者，于己不卑，于人不亢。不妒人之美于己，反而敬之；不弃己之美于人，顺而扬之。若是，则人之美无碍于己，而己之美益加其美也。故人有其美者，幸也哉！有其美而不能扬之，惜也乎！有美而能尽其美，幸甚至哉！不亦有出类拔萃者乎^⑧？　于众美之中脱颖而出，何其故也？盖有其美而能益之，益之又益，不懈不怠，而终成大美之器。雉科四族^⑨，品目百样，皆饰凤冠之美，皆披羽翼之采，然能若凤凰展翅而翔九天之云者，鲜也！鱼属两纲^⑩，种类万相，皆赋五鳍之能^⑪，皆具灵尾之巧，然能若鲲鹏击水而跃三千之尺者，鲜也！由是观之，有美而不能尽其美者，其美必庸于常而湮于众。故出其类者，有美必臻；拔其萃者，卓尔缤纷。

注解

① 本文系海南省东方市西大实验学校校训赋文。

② 乾坤：在中国传统文化中，"乾坤"一词有多种含义：一指《周易》中的乾卦和坤卦；二指天地宇宙；三指日、月；四指阴、阳；五指江山社稷；六指局势、大局等。本文中为"天地宇宙"之意。

③ 造物之主：指有形物质世界的创造者，这里指孕育万物的大自然。

④ 晦朔：晦是阴历每月最后一天；朔是阴历每月第一天。两字连用其意有二：一为农历每月的末一日及下月的第一日；二指从天黑到天明。在本文中是指"早晚、且夕"之意。

⑤ 麦冬：即沿阶草，百合科植物。其植株矮小，根纤细，根末端有纺锤形小块根可入药，是中医传统中药材，具有养阴生津、润肺止咳等功能。

⑥ 箭竹：禾本科，属竹类植物。竿丛生或近散生，竿圆筒形。竹材厚实，是制作笔杆、筷子、帐杆及编制筐篮棚架等的材料。

⑦ "予齿者去其角，傅翼者两足"出自《汉书·董仲舒传》："天亦有所分予，予之齿者去其角，傅其翼者两其足。"比喻事情无十全十美。

⑧ "出类拔萃"出自《孟子·公孙丑上》："麒麟之于走兽，凤凰之于飞鸟，泰山之于丘垤，河海之于行潦，类也。圣人之于民，亦类也。出于其类，拔乎其萃。"

⑨ 雉科：鸡形目中最大科，我国素有"雉类王国"之称。

⑩ 鱼类分为无颌与有颌两个总纲，无颌总纲包括圆口亚纲、甲胄鱼纲；有颌总纲包括盾皮鱼纲、软骨鱼纲、辐鳍鱼纲。

⑪ 鱼的五鳍分别是：背鳍、胸鳍、腹鳍、臀鳍、尾鳍。

译文

天地浩荡，大美乾坤；物丰品茂，景象万千。言其类，不胜枚举；观其形，百态千姿；展其貌，不可胜览；究其质，迥异相殊。然论其美者，虽造物之主亦不能判之也。若兽奔于野，鱼潜于渊，鸟翔于云，虫匿于阴，皆各顺其天性之所宜，又何言孰美，孰不美？若花开四季，草繁春夏，菌生晦朔，树长千年，皆各秉其天赋之所适，又焉得孰美，孰不美？人以己之好恶，而辨物之美丑，实为虚妄之谬见也！故物本自然，不凡也凡，各美其美，怡然自得。

天地是多么的广阔无边啊！宇宙是多么的浩瀚美丽啊！各种各样的物品如此丰茂，形成了天地间的万般景象。若要说它们的类别，真是举不胜举；若要观察它们的形状，真是百态千姿；若要展示它们的模样，真是览不胜览；若要探究它们的本质，真是殊异不一。然而，若要在这万物之间比一比哪一个更美，即使是孕育了它们的大自然也难以判别。就像野兽在荒野中奔跑，鱼儿在深渊中潜游，鸟儿在云雾中翱翔，虫儿在荫蔽中藏匿，它们都不过是在顺应其自身的天性而已，我们又如何去判别它们哪一个美，哪一个不美呢？就像一年四季都有花儿盛开，草儿却在春夏繁茂生长，朝菌早晨出生晚上就死去，一些树木却可以生长千年万年，它们都不过是秉承了自身的天赋而已，我们又如何去判别它们哪一个美，哪一个不美呢？人们往往以自己的喜好去判定万物的美丑，实在是非常虚妄的见解啊！由此可见，万物都来自天地自然，都是自然的存在，再不平凡的事物，其实也是非常平凡的，都各有其美，又各美其美，就这样安适自得地存乎于天地宇宙之中。

异类相分，其道若是；同类相较，其理亦然。鹤有长足，雁有蹼掌，皆禽也。汝以为鹤足与雁掌孰美？麟有锐角，虎有利齿，皆兽也。汝以为麟角与虎齿孰美？墨菊怒放深秋，红梅吐蕊寒冬，皆花也。汝以为墨菊与红梅孰美？麦冬之实可入药，箭竹之材可为器，皆草也，汝以为麦冬与箭竹孰美？天

　　不同类别的事物之间差异很大，我们不能凭自己的主观喜好去辨其美丑；同类别的事物虽然有很多共同之处，我们同样不能凭自己的主观喜好去辨其美丑，其道理都是一样的。就如鹤有长腿脚，雁有蹼掌脚，它们都属禽类，你能辨别出是鹤的长腿美呢，还是雁的蹼掌美？麒麟长有尖锐的角，猛虎长有锋利的齿，它们都属于兽类，你能辨别出是麒麟的锐角美呢，还是猛虎的利齿美？墨菊在深秋绽放，红梅在寒冬开花，它们都是花族，你能辨别出是墨菊美呢，还是红梅美？麦冬的块根可入药，箭竹的枝干可编制各种器具，它们都是草科，你能辨别出是麦冬美呢、还是箭竹美？所以，天地之道是同一的，万物之理也是同一的。就像我们人类一样，在性别上有男女之分，在身材上有高矮之别，皆有四肢之体而又形态各异，皆有五官之容而又色貌千面，各有各的禀赋，各展各的才智，我们怎么能以某一方面的特点来判断美不美呢？所以，我们既不能看见别人某一方面比自己优秀就自卑，也不可看见自己某一方面优秀就瞧不起别人。就像有利齿的兽没有锐角，有翅膀的禽只有两只脚一样，大自然这个造物主对万物都是非常公平的，均衡万物而让万物都美。所以，对于我们而言，既然天生我材，就必有我独特之禀赋，无论看起来是多么的平凡，也是独一无二且非常不平凡的，在各有其美，又各美其美中，自得人生之安适与自在。

之美，皆披羽翼之采，然能若凤凰展翅而翔九天之云者，鲜也！鱼属两纲，种类万相、皆赋五鳍之能，皆具灵尾之巧，然能若鲲鹏击水而跃三千之尺者，鲜也！由是观之，有美而不能尽其美者，其美必庸于常而湮于众。故出其类者，有美必臻；拔其萃者，卓尔缤纷。

　　知道自己相对于别人的特点和优势，也知道别人相对于自己的特点和优势，这就是有自知之明的人。有自知之明的人，对自己不自卑（因为他知道自身的特点和优势），对他人不傲慢（因为他知道别人的特点和优势）。因此，对于别人优于自己的方面，不仅不会嫉妒，反而会发自内心地敬重；对于自己优于别人的方面，能够顺势扬长，不懈地去挖掘其潜力。这样一来，别人的特点和优势对自己的成长不仅没有一点儿妨碍，反而让自己的特点和优势变得更加突出。所以，人生在世有自己的禀赋，非常有幸。但如果我们不能顺其禀赋将之发扬光大，对于我们的人生而言是非常遗憾的。只有顺其禀赋而不断挖掘其潜力的人，才能将人生之幸发挥到极致而成就自我。你们注意到那些出类拔萃的人了吗？他们能从众人中脱颖而出，究竟是什么原因呢？大概就是因为他们能够顺应自己的禀赋而不断挖掘自身潜力，从来都不懈怠，最终让自己成为优秀的人才。这就像雉科有四大族类，有上百个品种一样，它们都头顶美丽的凤冠，身披鲜艳的羽毛，然而能做到像凤凰那样一翔而上九天之云的，真是少之又少啊！这就像鱼类分为两大总纲，种类成千上万，它们都有善于划水的五鳍，无比灵巧的尾巴，然而能够像鲲鹏一样一跃而击水三千尺的，也是少之又少啊！由此可见，虽然有很好的禀赋，却不能充分挖掘其潜力而发挥之，其良好的禀赋终将趋于平庸而消失。所以，凡是超乎其类的人，一定是不断追求完美的人；只有出类拔萃的人，才能卓尔不群。

天高海阔 志远行笃

天高海阔　志远行笃①

"北冥有鱼，其名为鲲。鲲之大，不知其几千里也。化而为鸟，其名为鹏。鹏之背，不知其几千里也。怒而飞，其翼若垂天之云。"②庄子之言鲲鹏，翔游于天海之际，其为鲲也，击水腾跃三千尺；其为鹏也，扶摇直上九万里。天高任鸟飞，海阔凭鱼跃。然有翅羽者，若无鸿鹄之志，皆为燕雀也；有鳞鳍者，若无龙门之跃，不过鲤鲫也。故天之高远，当负力翱翔，方能绝云气，负青天，极目苍穹；故海之宽阔，当负力搏击，方可劈清波，斩激浪，力足彼岸。天高无穷尽，欲飞其高而高之，欲翔其远而远之，皆自得也；海阔无边际，欲潜其渊而渊之，欲拓其域而域之，皆自得也。天高海阔自在之，鸟飞鱼跃自成之。

林中之雀，翔起而息，居于蓬蒿之间。故无远大志向者，不可知天之高，不可知海之阔，不知天海可成就人生也。井塘之蛙，鼓鸣不止，跃于浅池之地。故有志而不能笃行者，天之高不可企及之，海之阔不可企及之，人生之憧憬不可企及之。志远行笃，志行同一，以志导行，以行成志。失之前者，若林中之雀，腾跃数仞而不知其所终；失之后者，若井塘之蛙，鼓舌扬唇，不过嘴上谈兵而终成败业。故天既高，海既阔，高远之志当激扬；翱于天，翔于海，持之以恒靠笃行。天海无边，生命有涯，于吾今生，圣人有言："士不可以不弘毅，任重而道远。"③以诗言志曰：壮志凌云上九天，中流击水勇争先；宣父犹能畏后生，丈夫未可轻年少④。千里之行始足下，万里鹏程从头越；笃行勤勉不懈怠，鸿鹄展翅变鲲鹏。

天高海阔，志远行笃。吾校之志，立训于此，望吾弟子，铭记于心，恒化于行。

注释

① 本文系海南省东方市西南大学东方实验中学校训赋文。

② "北冥有鱼，其名为鲲……"句，出自《庄子·逍遥游》。

③ "士不可以不弘毅，任重而道远。"一句出自《论语·泰伯》。

④ 宣父：旧时对孔子的尊称。"宣父犹能畏后生，丈夫未可轻年少。"一句出自唐·李白《上李邕》：

> 大鹏一日同风起，扶摇直上九万里。
>
> 假令风歇时下来，犹能簸却沧溟水。
>
> 世人见我恒殊调，闻余大言皆冷笑。
>
> 宣父犹能畏后生，丈夫未可轻年少。

此诗的大意为：大鹏总有一天会和风一起飞翔，凭借风力直上九天云外。如果风停了，大鹏飞下来，还能将沧溟之水簸干。世间人们见我老是好发奇谈怪论，听到我的豪言壮语都冷笑。孔子都说"后生可畏，焉知来者之不如今也"，所以，真正的大丈夫可不会轻视年少之人的。

译文

"北冥有鱼，其名为鲲。鲲之大，不知其几千里也。化而为鸟，其名为鹏。鹏之背，不知其几千里也。怒而飞，其翼若垂天之云。"庄子之言鲲鹏，翔游于天海之际，其为鲲也，击水腾跃三千尺；其为鹏也，扶摇直上九万里。天高任鸟飞，海阔凭鱼跃。然有翅羽者，若无鸿鹄之志，皆为燕雀也；有鳞鳍者，若无龙门之跃，不过鲤鲫也。故天之高远，当奋力翱翔，方能绝云气，负青天，极目苍穹；故海之宽阔，当奋力搏击，方可劈清波，斩激浪，力足彼岸。天高无穷尽，欲飞其高而高之，欲翔其远而远之，皆自得也；海阔无边际，欲潜其渊而渊之，欲拓其域而域之，皆自得也。天高海阔自在之，鸟飞鱼跃自成之。

"北海里有一种鱼，它的名字叫鲲。鲲的体形非常巨大，不知道有几千里长。它可以摇身一变化成一只鸟，名字叫鹏。鹏的背脊也非常大，不知道有几千里。当它振翅奋飞的时候，翅膀宽厚得就好像天边的云彩。"庄子所言及的鲲鹏，总是翱翔畅游在天海之间，当它是鲲的时候，它击水一跃就可以翔游三千尺之远；当它是鹏的时候，它一展翅就可以盘旋而上到九万里的高空。真是天高任凭鸟儿高飞，海阔任凭鱼儿腾跃！然而，同样都是有羽翼的鸟儿，如果没有鸿鹄那样远大的志向，最终也只能像小小的燕雀一样（怎么可能飞得高呢？）；同样都是有鳞鳍的鱼儿，如果没有那龙门之跃的决心，最终也不过就如鲤鲫一般（怎么可能游得远呢？）。所以，面对无比高远的天空，只有奋力翱翔，才能够穿越云雾，背负青天，放眼无边无际的茫茫苍穹；面对无比宽阔的大海，只有奋力搏击，才能够劈开清波，斩拍激浪，成功地登上那似乎遥不可及的彼岸。高远的天空是没有穷尽的，我们想要飞得多高，就能飞得多高；我们想要飞得多远，就能飞得多远，这一切都是我们自己努力的结果。宽阔的大海是没有边界的，我们想要潜得多深，就能潜得多深；我们想要拓得多宽，就能拓得多宽，这一切都是我们自己努力的结果。天高海阔都是自在的存在，至于鸟儿能飞多高，鱼儿能跃多远，一切都取决于鸟儿、鱼儿自己的追求与努力。

林中之雀，翔起而息，居于蓬蒿之间。故无远大志向者，不可知天之高，不可知海之阔，不知天海可成就人生也。井塘之蛙，鼓鸣不止，跃于浅池之地。故有志而不能笃行者，天之高不可企及之，海之阔不可企及之，人生之憧憬不可企及之。志远行笃，志行同一，以志导行，以行成志。失之前者，若林中之雀，腾跃数仞而不知其所终；失之后者，若井塘之蛙，鼓舌扬唇，不过嘴上谈兵而终成败业。故天既高，海既阔，高远之志当激扬；翔于天，翔于海，持之以恒靠笃行。天海无边，生命有涯，宁吾今生，圣人有言："士不可以不弘毅，任重而道远。"以诗言志曰：壮志凌云上九天，中流击水勇争先；宣父犹能畏后生，丈夫未可轻年少。千里之行始足下，万里鹏程从头越；笃行勤勉不懈怠，鸿鹄展翅变鲲鹏。

丛林中的小麻雀，刚飞起来就停下来歇息，在蓬蒿之中觅食自适。可见，如果我们也像这只小麻雀一样，没有远大的志向和理想，是不可能知道天究竟有多高远，也不可能知道海究竟有多广阔，更不可能知道如何在高远广阔的天海之中成就我们的人生。井塘之中的小青蛙，成天到晚都在鼓舌鸣叫宣扬自己的伟大志向，但只在浅浅的池塘洼地上下腾跃。可见，如果有远大的志向却不能笃定目标付诸实际行动的人，是不可能翱翔在高远的苍穹之中，也不可能腾跃于广阔的大海之中，更不可能去实现自己美好的人生憧憬。所以，仅仅有远大的志向是不够的，还必须要笃定不懈地付诸行动。远大的志向要与笃定的行动统一起来，以远大的志向去引领行动，以笃定的行动去实现志向。在志向与行动二者之间，若没有远大的志向，就像那丛林中的小麻雀一样，无论怎样腾跃都飞不高，终其一生还是没有任何结果。反之，若有远大志向却没有在行动上的不懈努力，就像那井塘中的小青蛙一样，整天高谈阔论，却不过是嘴上谈兵，到最后还是一事无成。所以，当我们面对无比高远的天空，面对无比广阔的大海时，一定要将自己内心的远大志向激发出来；当我们怀着远大的志向翱翔于长空，畅游于大海之时，一定要不惧风浪，持之以恒地笃行前行，永不言弃！天海广阔无边，而我们的生命却是有限的，在有限的生命里，我们怎样才能实现自我的人生价值呢？先哲告诉我们："有志者是不可以不弘扬自己坚强的毅力的，我们都肩负着人生的重要使命，而要完成这个使命，我们要走的路还很长很长。"还是用一首诗来表达我们内心的志向吧——我的雄心壮志可以立于云彩之巅而直达九天，我搏击的力量可以在河流中最湍急的部分脱颖而出；孔子也曾感言后生可畏，大丈夫不可轻视年少之人。千里的旅程都始于脚下迈出的第一步，万里的前程再美好都有其起始点；如果我们能够笃定前行，勤勉不懈地去努力，那么，我们这只怀着远大志向的鸿鹄，也一定能如同那鲲鹏一样翱翔在无边无际的天海之间。

天高海阔，志远行笃。吾校之志，立训于此，望吾弟子，铭记于心，恒化于行。

天空如此高远！大海如此宽阔！我们要立下这天海般高远宽阔的志向，持之以恒、笃定不懈！这就是我校所倡导的精神，今天立誓于此，希望我校的学子们能够将其内化铭记于心，外化恒定于行。

虚怀以纳　卓然高节

虚怀以纳　卓然高节①

蜀南有竹，蔚然成海。亭亭然，枝枝独秀；巍巍然，簇簇群立。浩浩乎，碧浪滔滔；荡荡乎，翩舞盈盈。观竹以目，波澜于心，激我以情，畅我于怀。其绰约之姿、高扬之貌、盎然之色、苍劲之态、高节之品、坚韧之质、清雅之韵、澄明之境，秀而有力，美而蕴德。

岁寒三友②，君子四贤③，竹有其誉而独享其尊。然物有万种，何独若然？盖其形神合于人之心志而心生共鸣焉。今校地携手，惠民兴教设学堂④，竹海万里展书卷，感物于怀会其意，寓意苍竹立训言：虚怀以纳博吾学，卓然高节厚我德。

天下凡博大者，无不以至虚而为泰。宇宙虚怀无极，纳众态而浩瀚；苍穹虚怀无边，纳万物而广阔；大海虚怀无际，纳百川而汪洋。比而较之，人何其渺渺？然至微亦有其无极之虚，故能虚怀以纳而成其大。尔若疑之，可见其竹，虚怀向上，节节以进，于百草丛中一枝独秀⑤。人生有涯，而知无涯。以有涯应无涯，惟无极之虚能成之。虚纳物，实拒物，盈丧物，此天之道也。故夫学者，以虚为渊，汲汲于知；虚怀以纳，博学无穷。自满者实其心，自盈者溢其志，皆失其虚纳之怀，何以至博大之境？

天下凡有生命之征者，其态必有其神。神也者，集气而成；气也者，魂魄之所以聚于体也。失魂落魄则气散无神，形如槁木，面若死灰，状态全无。人心与万物以神会，人迹与万物以神交，故通万物而同道。见松于绝崖，知苍劲挺拔之神韵；见梅于寒冬，知傲骨冰雪之神韵；见兰于庭院，知清新幽远之神韵；见菊于田野，知飘逸归隐之神韵。今于万岭箐⑥，见郁郁翠竹，仰之弥高，钻之弥坚⑦，气势若登天然。其卓然之姿是欲励我以志乎？其高节之品是欲明我以德乎？抑或吾已心领神会，而心驰神往乎？借物晓谕，大道至简；以物言志，懿德归朴。今吾于竹而悟得人生之至理，幸哉！

麒麟之于走兽，凤凰之于飞鸟，苍竹之于繁草，皆类也。出于其类，拔乎其萃，自然而然，亦有不凡。万物之理，人亦同之，庸于常者必湮于众。

惟虚怀以纳者，能节节以进而出其类；惟出其类者，能超凡于俗而拔其萃；惟拔其萃者，能卓然高节而立于世。知其理于心者，胸有成竹于人生也。

注释

① 此文系原四川省宜宾市长宁县西南大学长宁实验中学校训赋文。著名的蜀南竹海位于四川宜宾长宁县和江安县交界处，学校"虚怀以纳　卓然高节"的校训就是以"竹"晓谕，借"竹"言志而来。

② 岁寒三友：指松、竹、梅三种植物。最早将它们誉为"岁寒三友"的是宋代的林景熙。在其《五云梅舍记》中有："即其居累土为山，种梅百本，与乔松、修篁为岁寒友。"

③ 君子四贤：指梅、兰、竹、菊四种植物。明代黄凤池辑有《梅竹兰菊四谱》，从此，梅兰竹菊被称为"四君子"。

④ 今校地携手，惠民兴教设学堂：指长宁县人民政府与西南大学合作办学开办了"西南大学长宁实验中学"。

⑤ 于百草丛中一枝独秀：竹子是一种速生型草本植物，但其形态却与其他草本植物有很大的差异，故言之。

⑥ 万岭箐：即"蜀南竹海"。北宋时期，蜀南竹海名万岭箐。著名诗人黄庭坚到此游玩，见此翠竹海洋，连连赞叹："壮哉，竹波万里，峨眉姊妹耳！"并在此写下"万岭箐"三字，因而得名。

⑦ 仰之弥高，钻之弥坚：越仰望越觉得高远，越钻研越觉得它坚不可破。语出《论语·子罕》："颜渊喟然叹曰：'仰之弥高，钻之弥坚，瞻之在前，忽焉在后。夫子循循然善诱人，博我以文，约我以礼，欲罢不能。既竭吾才，如有所立卓尔。虽欲从之，末由也已。'"

译文

蜀南有竹，蔚然成海。亭亭然，枝枝独秀；巍巍然，簇簇群立。浩浩乎，碧浪滔滔；荡荡乎，翩舞盈盈。观竹以目，波澜于心，激我以情，畅我于怀。其绰约之姿、高扬之貌、盎然之色、苍劲之态、高节之品、坚韧之质、清雅之韵、澄明之境，秀而有力，美而蕴德。

四川南部（长宁县，非常适宜竹子生长，其万顷竹林就像大海一样蔚为壮观。若观一竹，其亭亭修长的身姿可谓是枝枝秀美；若观其群，其簇簇拥立的茂竹充满了巍峨雄壮的气势。（每当大风吹拂）竹海汹涌澎湃，有若碧浪滔天滚滚而来；竹林荡漾摇曳，似曼舞轻盈翩翩而至。每次眼观那竹海滔滔，都会让我心生波澜，情绪激荡，心怀舒畅。那绰约的身姿、高扬的容貌、盎然的生机、苍劲的姿态、高洁的品性、坚韧的品质、清雅的韵味、澄明的意境，在清秀中孕育着力量，在壮美中蕴含着德操。

岁寒三友，君子四贤，竹有其誉而独享其尊。然物有万种，何独若然？盖其形神合于人之心志而心生共鸣焉。今校地携手、惠民兴教设学堂，竹海万里展书卷，感物于怀会其意，寓意苍竹立训言：虚怀以纳博吾学，卓然高节厚我德。

难怪在松、竹、梅三友中，在梅、兰、竹、菊四君子中，竹都能有其美誉而独享其尊。然而天地之间物品万种，为何唯独竹子能够如此的与众不同？我想大概是因为竹子的形神正好契合人的心志而让人产生了共鸣吧。如今高校与地方携手合作，创办了惠及民生的新学校，就像在万里竹海展开了一个巨大的书卷。我意会竹子的品性而在内心形成共鸣，借物晓谕以竹为寓立下训言：要像竹子那般"虚心"，虚怀若谷地去学习和吸纳新知，广博自己的学识；要有竹子那卓然高节的品质，丰厚自己的道德人格。

天下凡尊大者，无不以至虚而为泰。宇宙虚怀无极，纳众态而浩瀚；

苍穹虚怀无边，纳万物而广阔；大海虚怀无际，纳百川而汪洋。比而较之，人何其渺渺？然至微亦有其无极之虚，故能虚怀以纳而成其大。尔若疑之，可见其竹，虚怀向上，节节以进，于百草丛中一枝独秀。人生有涯，而知无涯。以有涯应无涯，惟无极之虚能成之。虚纳物，实拒物，盈丧物，此天之道也。故夫学者，以虚为渊，汲汲于知；虚怀以纳，博学无穷。自满者实其心，自盈者溢其志，皆失其虚纳之怀，何以至博大之境？

天下凡是具有博大品质者，无一不是凭借其"至虚若谷"的内在自我而成就伟大的。宇宙虚怀无极，才能容纳众多千姿百态的存在而让自己无比浩瀚；苍穹虚怀无边，才能容纳天地万物而让自己无比广阔；大海虚怀无际，才能容纳百川之流而让自己汪洋四海。相比较而言，人是多么的渺小啊！然而，即使是小到极致的存在也有其内在无限虚空的空间，因此也能够虚怀以纳而成就自身。你若是不相信，可以看看那竹子，它一直都虚怀向上不断地吸纳阳光雨露，因而能够一节一节地不断长进，使自己成为百草丛中的一枝独秀。人的生命是有限的，而知识却是无穷尽的，以有限去应对无限，只有依靠那同样是无限的虚空才能容纳得了。虚空吸纳外物，充实拒纳外物，盈满丧失外物，天道本就是如此。所以，对于学习而言，就应该以虚为渊，才能不断吸纳新的知识；有虚怀以纳的心胸，才能让自己博学以至于无穷。那些自满之人将自己的内心填得满满的，那些自以为不得了的人骄淫其志，他们都失去了虚纳的胸怀，若此，怎么达到博大之境呢？

天下凡有生命之征者，其态必有其神。神也者，集气而成；气也者，魂魄之所以聚于体也。失魂落魄则气散无神，形如槁木，面若死灰，状态全无。人心与万物以神会，人迹与万物以神交，故通万物而同道。见松于绝崖，知苍劲挺拔之神韵；见梅于寒冬，知傲骨冰雪之神韵；见兰于庭院，知清新幽远之神韵；见菊于田野，知飘逸归隐之神韵。今于万岭箐，见郁郁翠竹，仰之弥高，钻之弥坚，气势若登天然。其卓然之姿是欲励我以志乎？其高节之品是欲明我以德乎？抑或吾已心领神会，而心驰神往乎？借物晓谕，大道至简；以物言志，懿德归朴。今吾于竹而悟得人生之至理，幸哉！

天下凡是具有生命体征的生物，其鲜活的形态必有其神。神，聚气而成，生命有了气，魂魄才能够附体。（这就是为什么）有生命体征的生物一旦失魂落魄，其状态就必然出现气色不足，神态暗淡，形如槁木，面如死灰，完全没有了活力（的原因）。人与外界万物的交流是心领神会的，人与外界万物的交往则是以神相交的，所以，人能够以"神会""神交"的方式通灵万物。我们看见松树扎根于绝崖，能够感知松树那苍劲挺拔的神韵；看见蜡梅绽放于寒冬，能够感知蜡梅那傲骨冰雪的神韵；看见兰花开放在庭院，能够感知兰花那清新幽远的神韵；看见菊花生长在田野，能够感知菊花那飘逸归隐的神韵。而今我在蜀南竹海，看见这郁郁葱葱的翠竹，（我似乎也心领神会地感知到了竹子卓然高节的神韵一般）让我顿生颜回当年那"仰之弥高，钻之弥坚"的感觉。竹子那卓然高节的气势就犹如要登上那高高的青天一样。我突然在想，难道竹子这卓然的姿态是在激励我的志向吗？难道竹子这高节的品质是在向我彰显一种高尚的品德吗？抑或是我已经领悟了这一切，早已对之心驰神往了？借物晓谕，深奥的道理原来如此简单；以物言志，高尚的德操原来如此质朴。今天我通过竹子领悟到了人生这样重要的道理，真是太幸运了。

麒麟之于走兽，凤凰之于飞鸟，苍竹之于繁草，皆类也。出于其类，拔乎其萃，自然而然，亦有不凡。万物之理，人亦同之，庸于常者必湮于众。惟虚怀以纳者，能节节以进而出其类；惟出其类者，能超凡于俗而拔其萃；惟拔其萃者，能卓然高节而立于世。知其理于心者，胸有成竹于人生也。

麒麟对于走兽、凤凰对于飞鸟、苍竹对于繁草都是同类。虽然它们出于同类，但是它们却超越了同类，所以，任何自然而然的东西，也有不同凡响的存在。宇宙万物中的这些道理，同样适合于人类，芸芸众生中的平庸者必然会被湮没在茫茫的人海之中。只有那虚怀若谷不断吸纳新知的人，才能靠每天一点点的进步逐渐在同类之中胜出；只有这胜出之人，才能超越众俗成为出类拔萃的人；只有这出类拔萃的人，才能以其卓然高节之姿而立身于世。内心明白了这个道理，对未来人生我们就可以做到胸有成竹了。

启德开智　融会贯通

启德开智　融会贯通^①

教育之于人者，启德开智也。天下凡德才兼备之才，皆得益于教育启德开智之功。

德者，为人之主，做人之本。人之异于禽兽者，礼义廉耻也^②。礼义廉耻皆人之德也。人之德未启，则形同而神异，貌似而魂非，野人之谓也。先贤以"人"之觉悟而兴教，立太学以教于国，设庠序以化于邑^③，皆在启德以成人也。物养乎身而有体魄，德润乎心而有涵养，身心两养而形神兼备。凡气质非凡、气度广大、气宇轩昂者，皆教育之启德立人也！

人之胜于百兽者，非齿锋爪利也，非敏捷善猎也，非搏击凶猛也，而在人之脑力之睿智也。然脑力之智皆人之潜能，不开不现、不开不显、不开不彰，不开而不能成人之能也。先贤以"人"需开智而兴教，立太学以教于国，设庠序以化于邑，皆在励志强毅以开人智之无限潜能也。芸芸众生，才智相殊，才能相迥，开智之功夫异也！凡才智过人、才气卓越、才华横溢者，皆教育之开智立人也！

教育之于学者，融会贯通也。凡治学精深渊博者，皆得益于融会贯通之能。

大千世界，人文广袤。盘古开天^④，造化万物。人之于世，已逾万年，浩浩荡荡，生生不息。钻燧取火^⑤，刻图造字^⑥，文明之始，代代相承。厚重历史，璀璨文化，经史子集^⑦，诗词歌赋，琴棋书画，人文百科，此皆穷毕生之精力亦不可尽之矣。然科有分殊，彼此融通。凡博学多才者，不偏执一隅，不各执一端，不固执一理。故不能融会不可知其通，不能贯通不可会其意。治学能精于一而广于博，融会贯通是也！

浩瀚宇宙，科技精深。日月星辰，无穷时空。人之于世，已逾万年，浩浩荡荡，生生不息。算术历法，天文地理，科技之始，层出不穷。宇宙之奥，自然之秘，数理化生，农医工商，理学为基，工学为用，此皆毕生之精力亦不可全之矣。然术有专攻，道法同一。凡尖端之才者，通百科之原理，晓万物之常理，以厚实之基登科学之巅。万物之理，不能融会不可致其精；万变之常，不能贯通不可知其微。举一隅而能反其三者⑧，融会贯通是也！

注释

① 此文系云南省昆明市官渡区西南官渡实验学校校训赋文。

② 在《荀子·王制》篇中，荀子认为："水火有气而无生，草木有生而无知，禽兽有知而无义。人有气、有生、有知，亦且有义，故最为天下贵也。"（水火有气却没有生命，草木有生命却没有知觉，禽兽有知觉却不讲礼义；人有气、有生命、有知觉，而且讲究礼义，所以天下万物以人为贵。）荀子的文章中并没有直接说人与禽兽的区别在于人有礼义廉耻，赋文中此句是作者根据《荀子·王制》中的这句话所作的引申。

③ 立太学以教于国，设庠序以化于邑：出自《汉书·董仲舒传》。太学是汉代设在京师的全国最高教育机构。汉武帝罢黜百家定儒一尊之后，采纳董仲舒的建议，始在长安建立太学。在夏、商、周时期，学校的称谓各有不同，五帝时期的学校名为成均，在夏为东序，在商为右学，在周代名为上庠。庠序：古代的地方学校，后泛称学校。

④ 盘古开天：中国民间神话传说。传说在很久很久以前，宇宙混沌一片，是没有天地之分。有个叫盘古的巨人，在这个混沌的宇宙中睡了一万八千年。有一天，盘古突然醒了，他见周围一片漆黑，就抡起大斧头，朝眼前的黑暗猛地劈了过去。只听一声巨响，黑暗渐渐分散开了，轻盈上升的东西变成了天，重浊下降的东西变成了地。盘古怕天和地重新会合在一起，便头顶着天，脚蹬着地。天每天升高一丈，盘古也随着天越长越高。这样不知过了多少年，天和地逐渐成形了，盘古也累得倒了下来。盘古倒下后，他呼出的气息变成了四季的风和云；他发出的声音化作了隆隆的雷声；他的双眼变成了太阳和月亮；他的四肢变成了大地上的东、西、南、北四极；他的肌肤变成了辽阔的大地；他的血液变成了奔流不息的江河；他的汗变成了滋润万物的雨露。

⑤ 钻燧取火：中国古代燧人氏钻木取火的古老传说。燧：火石，取火的工具。《韩非子·五蠹》："有圣人作，钻燧取火以化腥臊，而民说之，使王天下，号之曰燧人氏。"

⑥ 刻图造字：传说黄帝的左史官仓颉，因为看见鸟兽的足迹而受到启发，刻图取象而发明了汉字。《说文解字叙》："黄帝之史仓颉，见鸟兽蹄迒之迹，

知分理之可相别异也，初造书契。"

⑦ 经史子集：中国古籍按内容区分的四大部类。经：经书，特指儒家经典著作。史：史书，即历史类书籍。子：诸子百家著作。集：文集。今以"经史子集"泛指我国古代典籍。

⑧ "举一隅而能反其三"出自《论语·述而》。子曰："不愤不启，不悱不发，举一隅不以三隅反，则不复也。"

译文

教育之于人者，启德开智也。天下凡德才兼备之才，皆得益于教育启德开智之功。

教育对于人的成长的作用，主要体现在培养良好的人格品质和开发智力两个方面。天下凡是德才兼备的优秀人才，均得益于教育在这两个方面所做出的贡献。

德者，为人之主，做人之本。人之异于禽兽者，礼义廉耻也。礼义廉耻皆人之德也。人之德未启，则形同而神异，貌似而魂非，野人之谓也。先贤以"人"之觉悟而兴教，立太学以教于国，设庠序以化于邑，皆在启德以成人也。物养乎身而有体魄，德润乎心而有涵养，身心两养而形神兼备。凡气质非凡、气度广大、气宇轩昂者，皆教育之启德立人也！

道德人格是人之为人的本质，是我们做人的根本。人之所以不同于禽兽在于人要讲礼义廉耻。礼义廉耻体现的就是人所具有的道德特质。如果一个人不能通过后天的教育培育其做人的道德，那么这个人一定是徒有人之形而无人之神、徒有人之貌而无人之魂的，这样的人就是没有经过教化的野蛮之人。古代贤者正是认识到要唤醒每个人对自己作为"人"的存在的意识，才兴起了教育，于是设立太学兴教于国，在乡邑中开办学校，施教于民，其目的就是要通过道德人格的培育去培养真正意义上的人。人在物质方面的需求可以满足身体的需要，让自己有健康的体魄，而道德却能滋养人的内心，让自己赋有"人"的内在涵养，只有身心两养的人，才能让自己的外在形象与内在精神兼备"人"的特质。所以，凡是具有非凡气质、广大气度、轩昂气宇的人，他们身上体现出来的这些特质皆得益于教育启德立人的功劳。

人之胜于百兽者，非齿锋爪利也，非敏捷善猎也，非搏击凶猛也，而在人之脑力之睿智也。然脑力之智皆人之潜能，不开不现、不开不显、不开不彰，不开而不能成人之能也。先贤以"人"需开智而兴教，立太学以教于国，设庠序以化于邑，皆在励志强毅以开人智之无限潜能也。芸芸众生，才智相殊，才能相迥，开智之功夫异也！凡才智过人、才气卓越、才华横溢者，皆教育之开智立人也！

人之所以能够强过百兽，并不是靠锋利的牙齿和脚爪，也不是靠有敏捷善猎和凶猛搏击的能力（事实上人在这些方面与猛兽相比是非常羸弱的），而在于人具有无比睿智的大脑。然而，人的睿智其实不过是人脑的一种潜能而已，如果没有后天的开发，这种潜能是无法彰显的，更是不可能成为人所独具的一种能力。古代贤者正是意识到了人的智力需要开发才起兴教育，才设立太学以兴教于国，在乡邑中开办学校施教于民，其目的就是要激励每个人以坚强的毅力去开发自己无限的潜能。在熙熙攘攘的众生之中，人与人之间的才智、才能差异其实非常大，其原因就在于我们后天对自我智力开发的程度不同。所以，凡是具有过人才智的人、卓越才气的人、横溢才华的人，他们身上体现出来的这些特质皆得益于教育开智立人的功劳。

教育之于学者，融会贯通也。凡治学精深渊博者，皆得益于融会贯通之能。

教育对之于学生而言，关键在于要善于对所学知识融会贯通。凡是治学精深又学识渊博的人，皆得益于他们具有融会贯通的学习能力。

大千世界，人文广袤。盘古开天，造化万物。人之于世，已逾万年，浩浩荡荡，生生不息。钻燧取火，刻图造字，文明之始，代代相承。厚重历史，璀璨文化，经史子集，诗词歌赋，琴棋书画，人文百科，此皆穷毕生之精力亦不可尽之矣。然科有分殊，彼此融通。凡博学多才者，不偏执一隅，不各执一端，不固执一理。故不能融会不可知其通，不能贯通不可会其意。治学能精于一而广于博，融会贯通是也！

在广大无边的人世间，有着丰厚广袤的人文积淀。从盘古开天地开始，宇宙就造化了万物。人类的出现已有万年之久，在这浩浩荡荡的历史长河中，人类生生不息地繁衍生活。人类学会了钻燧取火，从此不再茹毛饮血、不避腥臊；人类学会了描摹自然万物，通过刻图创造了象形文字。从此，文明得以起兴并代代相承至今。历史的发展于是变得厚重起来，因为它积淀了无比璀璨的人类文明。经书、史书、诸子百家和各种文集，还有诗词歌赋等不同文体的华美文章，以及既有诗情画意，又能陶冶情操的琴棋书画等等，构成了浩瀚丰富的人文百科，这是我们穷尽一生也无法全然了解和掌握的。好在百科虽然有分别，但它们之间却不是彼此阻隔，而是相互融通的。凡是博学多才的人，他们学习人文百科的知识，一定不会只偏于一个方面，不会局限于自己的认知领域，不会只固执于某一个道理。所以，不能融会就不可能知道原来百科也是彼此融通的，不会贯通就不可能领会百科之间究竟是如何融通的。在学习中如果我们能够做到在精通某一个方面的同时，还能在人文百科中拥有非常广博的知识面，你就做到了我们所说的融会贯通了。

浩瀚宇宙，科技精深。日月星辰，无穷时空。人之于世，已逾万年，浩浩荡荡，生生不息。算术历法，天文地理，科技之始，层出不穷。宇宙之奥，自然之秘，数理化生，农医工商，理学为基，工学为用，此皆毕生之精力亦不可全之矣。然术有专攻，道法同一。凡尖端之才者，通百科之原理，晓万物之常理，以厚实之基登科学之巅。万物之理，不能融会不可致其精；万变之常，不能贯通不可知其微。举一隅而能反其三者，融会贯通是也！

人类在探究浩瀚无边的宇宙奥秘中，掌握了日益精深的科学技术。在日月星辰的无穷时空中，人类的出现已有万年之久，在这浩浩荡荡的历史长河中，人类生生不息地繁衍生息，对自然宇宙的探索从来没有停止过。从简单的计数到发明算术；从观察白天黑夜及四季的变化到发明计算时间的历法；从观乎天文而知日月星辰的运行到察乎地理而知沧海桑田的变迁，这都是人类最初的科技活动，自此以后人类的科技发展日新月异。在探索宇宙的奥妙和自然的奥秘中，人类构建了数学、物理、化学、生物等各学科分支，有了农业、医业、工业、商业等领域的事业，形成了以理学为基础，以工学为致用的体系，这些是我们穷尽一生也无法全然了解习掌握的。好在虽然术业有专攻，但其中的原理却是相通的。凡在各领域中的顶尖人才，他们都通晓百科的基本原理，了解宇宙万物的基本常理，并以其厚实的知识基础最终登上了科学的巅峰。所以，对于宇宙万物的原理，如果不能融会地去理解就不能掌握其精华；对于宇宙万变的常理，不能贯通地去领会就不能知晓其精微。学习如果能够做到举一反三，就是融会贯通的结果。

云程发轫　春华秋实

云程发轫　春华秋实①

　　人生岁月，皆生命旅程。始于初生，鞠于父母之怀。蒙学启智，教之育之，渐明事理，始有心志之所求，谓之初心。初心者，生命自觉之征也②。有初心者，方知于己仔肩在身③。故初心者，亦人生使命之谓也。

　　初心殷殷，日月昭昭；云程锦绣，发轫于斯。然心志之权舆④，自醒于生命自觉之时，有此觉悟者，虽童孩少年，其志向亦不可低估之。故年少之志，勿讥为幼稚之妄言；年少之愿，勿谑为孩提之戏语。鸿鹄不屑燕雀之讽⑤，鲲鹏不睬学鸠之嘲⑥，心志不同，境界相殊，岂可同日而语乎？人之心志若天马⑦，驰苍穹，骋四海，行无疆。人生之旅若发轫于天马之志，必行空万里，云程广大。心有所驰，神必往之⑧，聚精会神专注于斯，矢志不渝，此生不足十分，亦有八成，力行近乎仁也⑨！

　　初心殷殷，日月昭昭；云程万里，春华秋实。生命成长，既沐甘露阳光；岁月沧桑，亦浴雨雪风霜。《诗》曰："昔我往矣，杨柳依依；今我来思，雨雪霏霏；行道迟迟，载渴载饥。"⑩故云程发轫，前路遥遥；既播百谷，四季悠长。御冬寒之凛冽兮，方显春华之灼灼；耐夏暑之焦炙兮，终有秋实之硕硕。有言曰："靡不有初，鲜克有终。"⑪何故也？盖事久益难无恒心，路遥维艰缺马力。故云程万里，发轫于初心；春华秋实，功成于执着。童谣歌曰：祈岁丰登兮，耘播嘉种；嘉种耘播兮，稼穑匪懈；匪懈稼穑兮，芄芄谷苗；谷苗芄芄兮，禾出三穗⑫。

注释

① 本文系贵州省三穗县民族高级中学的校训赋文。云程发轫："云程"比喻远大的前程。"轫"：指阻止车轮动的木头；"发轫"：指车轮启行先去掉轫，故称启程为发轫。出自屈原《离骚》："朝发轫于苍梧兮，夕余至乎县圃。""云程发轫"比喻启程追求美好远大的未来。

② 征：迹象、预兆、征兆。

③ 仔肩：指所担负的责任、任务。出自《诗经·周颂·敬之》："佛时仔肩，示我显德行。"佛（bì：通"弼"，辅助；时：通"是"，这；仔肩：责任。这句话的意思是：辅佐我完成所肩负的责任，昭示我彰显德行的方向。

④ 权舆：起始、萌芽。出自《诗经·秦风·权舆》："今也每食无余，于嗟乎！不承权舆。"朱熹《诗集传》注："权舆，始也。"这句话的意思是："如今每顿饭吃完没剩余，哎呀呀！现在哪能比开始之初。"

⑤ "鸿鹄不屑燕雀之讽"出自《史记·陈涉世家》："陈涉太息曰：'嗟乎！燕雀安知鸿鹄之志哉！'"

⑥ "鲲鹏不睬学鸠之嘲"出自《庄子·逍遥游》。文中说鲲鹏壮志凌云，背负青天，培风图南，蜩与学鸠嘲笑道："我决起而飞，抢榆枋，时则不至，而控于地而已矣，奚以之九万里而南为？"（蝉和学鸠讥笑鹏说："我们奋力而飞，碰到榆树和檀树就停止，有时飞不上去，落在地上就是了，何必要飞九万里到南海去呢？"）

⑦ 天马：中国古代神话中的形象，具神性，能飞。据《山海经·北山经》记载：生于马成之山上的天马，其状如白犬而黑头，见人则飞。明代刘廷振《萨天锡诗集序》中称："其所以神化而超出于众表者，殆犹天马行空而步骤不凡。"（其能够出神入化而超乎寻常，就像天马腾空飞行一样不凡），这也是成语"天马行空"的由来。

⑧ 心有所驰，神必往之：心神奔向所向往的事物，形容一心向往。出自《隋书·史祥传》："身在边隅，情驰魏阙。"

⑨ 力行近乎仁：出自《中庸》。其原文为："子曰：好学近乎知，力行近乎仁，知耻近乎勇。知斯三者，则知所以修身；知所以修身，则知所以治人；

知所以治人，则知所以治天下国家矣。"（努力学习就接近明智了，身体力行地去践行就接近仁了，知道廉耻就接近勇敢了。知道了这三条，就知道了修身的方法，知道了修身的方法，就知道了治理百姓的方法，知道了治理百姓的方法，就知道了治理国家天下的方法了。）

⑩ "昔我往矣，杨柳依依……"句，出自《诗经·小雅·采薇》。其意为：当初我出发时，风吹杨柳荡悠悠（喻内心充满了美好的愿望）；如今回来，一路雨雪纷飞也不易；道路泥泞行路难，饥渴难耐真艰难。

⑪ "靡不有初，鲜克有终"出自《诗经·大雅·荡》，其意为：谁都有自己的初心，但是能够善始善终的人却很少。

⑫ 三穗：一语双关之词。一指地名，即贵州省三穗县。三穗县位于贵州省东部，隶属黔东南苗族侗族自治州，东北与湖南省新晃侗族自治县毗邻，东南、西南与天柱、剑河两县接壤，北与镇远县相连，为贵州省东出口之一，素有"黔东要塞"和"千里苗疆门户"之称。民国十七年（1928年）在县城附近稻田中，一株水稻并出三穗，故将原邛水县易名为三穗县。二指禾苗。据《史记·鲁周公世家》载，周成王十一年（公元前1032年），唐地出现了"异亩同颖"的祥兆，田里长出丰满肥硕的双穗禾，被称作"嘉禾"，并被进献于周成王，成王将它转献周公，并作《馈禾》，周公受禾，又作《嘉禾》表示嘉许。从此双穗禾被视为天降福祉、五谷丰登、政通人和的吉祥之兆。比而较之，三穗县的三穗禾比双穗禾自然是更胜一筹了。"禾出三穗"在本文中暗喻：既然我们播种了希望，就要不懈努力，这样我们不仅会劳有所得，而且有可能创造"一禾长出三穗"的教育奇迹。

译文

人生岁月，皆生命旅程。始于初生，鞠于父母之怀。蒙学启智，教之育之，渐明事理，始有心志之所志，谓之初心。初心者，生命自觉之征也。有初心者，方知于己仔肩在身。故初心者，亦人生使命之谓也。

每个人的人生，都是一段生命的旅程。人从一出生被父母抱在怀中开始，就开始通过童蒙教育启悟其心智了，（后来进了学堂）经过学校的教育培养，逐渐开始明白事理，于是在其内心深处就慢慢地萌发出了一些愿望，也就是我们常说的初心。一个人初心的萌发，其实是其生命开始觉醒的征兆。初心的萌发，让人开始意识到自己的生命责任。所以这个初心，就是我们所领悟到的，对自我人生而言，所肩负的使命。

初心殷殷，日月昭昭；云程锦绣，发轫于斯。然心志之权舆，自醒于生命自觉之时，有此觉悟者，虽童孩少年，其志向亦不可低估之。故年少之志，勿讥为幼稚之妄言；年少之愿，勿谑为孩提之戏语。鸿鹄不屑燕雀之讽，鲲鹏不睬学鸠之嘲，心志不同，境界相殊，岂可同日而语乎？人之心志若天马，驰苍穹，骋四海，行无疆。人生之旅若发轫于天马之志，必行空万里，云程广大。心有所驰，神必往之，聚精会神专注于斯，矢志不渝，此生不足十分，亦有八成，力行近乎仁也！

我们的初心是这样的殷切，日月的光辉是如此的明亮，我们向往着人生的锦绣前程，怀着初心开启我们生命的旅程。然而一个人内心志向的最初萌动，从自我开始有了生命自觉的那一时刻醒悟。有了生命自觉的人，即使他还是一个孩童少年，我们也不可低估他内心远大高远的志向。所以，一个人在小时候的志向，切勿讥笑其是幼稚的狂妄之语；一个人在小时候的愿望，切勿嘲谑其为小孩子开的玩笑。犹如鸿鹄不屑燕雀的嘲讽，鲲鹏不睬斑鸠的嘲笑一样。每个人的志向不同，所追求的境界也不一样，怎么能够同日而语的呢？（一个人若志向高远）那么化的心志就像那能飞的神马一样，可以在苍穹中奔驰，可以在四海中畅游，行走在没有止境的天海之中。如果我们的人生旅程是带着天马般远大的志向出发，那我们一定会行空万里，云程广大。当一个人心有所向的时候，自己的精气神也会前来助力，这就会让我们所有的心思都专注其中，矢志不渝地去追求、去成就，到最后，我们最初的愿望即使没有完全达到，也已基本实现了百分之八十，这就是孔子所说的"只要身体力行地去努力，就会越来越接近我们所要追求的目标（仁）"。

初心殷殷，日月昭昭；云程万里，春华秋实。生命成长，既沐甘露阳光；岁月沧桑，亦浴雨雪风霜。《诗》曰："昔我往矣，杨柳依依；今我来思，雨雪霏霏；行道迟迟，载渴载饥。"故云程发轫，前路遥遥；既播百谷，四季悠长。御冬寒之凛冽兮，方显春华之灼灼；耐夏暑之焦炙兮，终有秋实之硕硕。有言曰："靡不有初，鲜克有终。"何故也？盖事久益难无恒心，路遥维艰缺马力。故云程万里，发轫于初心；春华秋实，功成于执着。童谣歌曰：祈岁丰登兮，耘播嘉种；嘉种耘播兮，稼穑匪懈；匪懈稼穑兮，芃芃谷苗；谷苗芃芃兮，禾出三穗。

我们的初心是这样的殷切，日月的光辉是如此的明亮，在对自我美好人生似万里云程的追寻中，我们经历着春华秋实的生命之旅。每个人的成长，都沐浴着滋润的甘露和温暖的阳光；每个人所经历的沧桑岁月，同样也少不了雨雪风霜的洗礼。正如《诗经》中所说的那样："当初我带着初心出发的时候，大路两旁风吹杨柳荡悠悠（我内心充满了对未来美好的愿望和期待）；如今我回来，一路雨雪纷飞也不易，可谓是道路泥泞行路难，饥渴难耐真艰难啊！"因此，当我们怀着初心出发去追寻自己的美好前程时，一定要知道以后的路途还非常遥远，就像我们播下了希望的种子，还要经历漫长的四季轮回一样。只有抵御住了冬天凛冽的寒气，才能在春天绽放出绚丽的花朵；只有抗住了夏天焦炙的暑热，才会在秋天收获累累硕果。常听人说："谁都有自己的初心愿望，但是能够善始善终的人却很少。"这究竟是什么原因造成的呢？大概是我们想要做的事情越到后面越艰难，而自己又缺乏恒心；整个路途的确太遥远，而自己又后继乏力导致的吧。由此可见，我们对自己未来美好人生的追求，发端于我们的初心，但要想收获春华秋实的结果，还得靠执着的信念和努力。正如有一首童谣这样唱道：如果我们希望来年有一个好收成，就要勤于耕耘并播下希望的种子；播下了希望的种子，还需要不停地勤勉劳作而不得有丝毫懈怠；有了这样的努力，希望之种才会长出茂盛的谷苗；只要这辛勤劳作的功夫到了家，茂盛的谷苗才会让我们有一个好收成，说不定会出现一禾三穗的奇迹呢！

锲而不舍　臻于至善

锲而不舍　臻于至善①

山有奇石，其名曰璞；虽有材质，其貌也凡。锲而琢之，攻石成玉。璞之为玉，如切如磋；玉之成器，如琢如磨②。故由天然之资而得其腮理以成器者③，非守而得之，非惰而化之，非待而成之也。

玉不琢，不成器。治玉之理，人亦同之。人虽以类聚，独异于个体。人各禀其赋，各潜其能，各资其质，故能各彰其显，各出其彩，各美其美。然若无后天之锲刻凿磨，精雕而不厌其繁，细琢而不舍其功，则必废其禀赋，弃其潜质，丧其潜能。有其禀赋而不能开之，有其潜质而不能发之，有其潜能而不能励之，不亦惜乎！天生我材必有用，等闲守望空悲切。故舍而不锲者，自弃其器；锲而舍之者，器之不器④；锲而不舍者，资资以成其器⑤！

锲也者，追琢其章，金玉其相⑥。故欲尽其材而不废之，其功必臻于至善。至善者，尽材质之用、尽材质之能、尽材质之美，止乎于极致也。

故善为师者，必于有教无类中重因材施教之法。弟子受教开蒙，既以类同，又以别殊；师者启人心智，既有同律，又无定法。皆因人之材质相殊，禀赋相异之故也。巧匠见璞而琢，必鉴其腮理，依其本而彰其质，不尽其材质之美不休也。良师因人施教，必考其禀赋，因其材而成其才，不尽其潜质之能不弃也。故善为学者，以己之天赋材质，择其学业修为，攻于己之擅长之域。人胜于己不自惭，己超于人不自负；人后于己不自傲，己拙于人不自卑。人各有其所长，人各有其所短，自然之常矣。惟以己之资，求己之所能及，成己之所能达，不及于至善之境不辍也。

人生状态，自信而立；天生我材，锲而不舍。

人生境界，自强不息；臻于至善，大器乃成。

注释

① 本文系云南省昭通市镇雄县第一中学校训赋文。

②"如切如磋""如琢如磨":语出《诗经》。《诗经·卫风·淇奥》:"瞻彼淇奥,绿竹猗猗。有匪君子,如切如磋,如琢如磨。"切、磋、琢、磨为古代治玉、骨、石等的工艺。切:刀切;磋:锉平;琢:雕刻;磨:磨光。据《尔雅·释器》:骨谓之切,象谓之磋,玉谓之琢,石谓之磨。

③ 腮理:物质组织的肌理、纹理、纹路。《战国策》:"郑人谓玉之未理者为璞,是理为剖析也。玉虽至坚,而治之得其腮理以成器不难,谓之理。"(郑国人将没有经过打磨的玉称之为璞,所以,"理"就是剖析打磨的意思。璞玉虽然坚硬,但如果顺着其纹理去剖析打磨并使之成器并不难,这就是治玉。)

④ 器之不器:本采具有成为有用之才的禀赋,却最终没有能够成为有用之才。

⑤ 资资以成其器:前一个"资"是"凭借、依靠"的意思;后一个"资"是"禀赋"的意思。这句话的意思是说:凭借自己的禀赋成为有用之才。

⑥ 追琢其章,金三其相:语出《诗经·大雅·棫朴》。"追琢其章"指用锥子按照物质天然的肌理纹路去雕刻打磨。追:通"锥";琢:雕刻;章:肌理、纹理。"金玉其相"指使其内在特质更加光彩夺目。相:本质。

译文

山有奇石，其名曰璞；虽有材质，其貌也凡。锲而琢之，攻石成玉。璞之为玉，如切如磋；玉之成器，如琢如磨。故由天然之资而得其肌理以成器者，非守而得之，非惰而化之，非待而成之也。

大山中有一种不同寻常的石头，人们名之为"璞"。虽然它有与众不同的材质，但其外貌却显得非常平常。但若将之进行仔细雕琢打磨，这块石头就会成为一块美玉。所以，要使璞成为玉，需要反复切磋；欲使玉成为器，需要反复雕琢、打磨。因袭璞的天然材质中的纹理，通过精心雕琢与打磨，这块璞玉才能成为大美之器。这不是靠空想而能自得的，不是靠慵懒而能自化的，也不是靠等待而能自成的。

玉不琢，不成器。治玉之理，人亦同之。人虽以类聚，独异于个体。人各禀其赋，各潜其能，各资其质，故能各彰其显，各出其彩，各美其美。然若无后天之锲刻凿磨，精雕而不厌其繁，细琢而不舍其功，则必废其禀赋，弃其潜质，丧其潜能。有其禀赋而不能开之，有其潜质而不能发之，有其潜能而不能励之，不亦惜乎！天生我材必有用，等闲守望空悲切。故舍而不锲者，自弃其器；锲而舍之者，器之不器；锲而不舍者，资资以成其器！

玉不经过雕琢是不能成为大美之器的。治玉的这个道理，对于我们每个人而言，其实也是相通的。人虽然因同类而聚合在一起，但每个人都是独一无二的个体。每个人都有各自的禀赋，各自的潜能，各自的资质，所以才能彰显自己的特色，绽放自己的光彩，展现自己的美好。但若没有后天的雕刻凿磨，没有不见其效不厌其烦的精心雕琢，没有不见其品不舍其功的细致打磨，再好的禀赋也会被废掉，再好的潜质也会被遗弃，再好的潜能也会丧失。有禀赋却不能得到很好的开发，有潜质却不能得到很好的发挥，有潜能却不能得到很好的激发，的确是非常可惜的。无论我具有怎样与生俱来的天赋，一定要尽量让其得到很好的开发和发挥，切不可空等守望，否则到最后一切悲痛后悔都是没有任何意义的。可见，有天赋却不去雕琢打磨的，就是放弃了让自己成为有用之才的机会；因其天赋而去挖掘开发，但中途放弃了，即使自身具有成为有用之才的禀赋，最终还是难以成为有用之才；只有那些始终致力于挖掘和开发自我，不见其效永不言弃的人，才能最终凭借自身良好的禀赋而让自己成为真正的有用之才。

锲也者，追琢其章，金玉其相。故欲尽其材而不废之，其功必臻于至善。至善者，尽材质之用、尽材质之能、尽材质之美，止乎于极致也。

所谓"锲"，就是用锥子顺着材质的纹理去雕琢，使其内在特质更加光彩夺目。所以，若希望穷尽其材质禀赋而没有丝毫的浪费，其雕琢打磨的工夫就必须做到极致。所谓至善的境界，就是要对材质进行充分挖掘以尽其用处，对材质进行充分开发以尽其潜能，对材质进行充分雕饰以尽其品相，将"锲"的功夫发挥到极致。

故善为师者，必于有教无类中重因材施教之法。弟子受教开蒙，既以类同，又以别殊；师者启人心智，既有同律，又无定法。皆因人之材质相殊，禀赋相异之故也。巧匠见璞而琢，必鉴其腠理，依其本而彰其质，不尽其材质之美不休也。良师因人施教，必考其禀赋，因其材而成其才，不尽其潜质之能不弃也。故善为学者，以己之天赋材质，择其学业修为，攻于己之擅长之域。人胜于己不自惭，己超于人不自负；人后于己不自傲，己拙于人不自卑。人各有其所长，人各有其所短，自然之常矣。惟以己之资，求己之所能及，成己之所能达，不及于至善之境不辍也。

因此，凡是善于为师的人，一定会在有教无类中讲究因材施教。学生接受教育而挖掘自我禀赋，其过程既有共性，又有个人特质；教师通过教育开发学生的潜能，其方式既有共同的规律，又没有一成不变的方法。这一切均是因为不同的人有不同的潜质，不同的人有不同的禀赋。这就好比能工巧匠雕琢璞玉，他一定要先分析材质的纹理，依照材质本身的特征去彰显它的优点，在这方面下尽功夫，不达到极致誓不罢休。优秀的教师在因材施教的过程中，一定会首先考察不同学生的禀赋，依照其禀赋特质顺势而为以助其成才，在挖掘学生潜质方面下尽功夫，不达到极致绝不放弃。善于学习的人也是如此，他会根据自己的天赋特质去选择自己的学业方向，专攻自己擅长的领域。看见别人某些方面比自己强不自惭，发现自己在某些方面比别人强也不自负；看见别人在某些方面落后于自己而不自傲，发现自己在某些方面比别人笨拙亦不自卑。因为每个人都有自己的长处，每个人也都有自己的短处，这是再自然不过的事了。唯有以自己的禀赋资质去追求自己所想企及的高度，去成就自己所能达到的结果，在自己可为、能为、善为的领域，只要还没有达到至善的境界就永远不停止努力。

人生状态，自信而立；天生我材，锲而不舍。
人生境界，自强不息；臻于至善，大器乃成。

人生的状态靠自信而立，要相信天生我材必有用，永远不放弃自我努力。
人生的境界当自强不息，要在追求至善的境界中，让自己成为大器之才。

博文约礼　日就月将

博文约礼　日就月将①

为学之本，学识教养。学识者，广博精深也。广博厚基，精深攻坚。教养者，知书达礼也。知书明理，达礼成事。故博文约礼者，以文博识，以礼约行也。

人有诗词歌赋，琴棋书画，人文百科之修；有数理化生，信息光电，机械智能，科学技术之智；有上知天文，中明人事，下晓地理之识；有探宇宙之奥，究自然之秘，经社会之序之能，皆学识赋能，博文之功也。

人有德正品端，思无邪念，欲无恶意，行无害危之心；有非礼勿视，非礼勿听，非礼勿言，非礼勿动之守②；有动静有法，举止有节，文质彬彬，然后君子之操；有慎独慎微，规行矩步，安辞定色，锵锵翼翼之态③；有诚实守信，不卑不亢，浩然正气，顶天立地之姿，皆教养修德，约礼之用也。

博文约礼之境，日就月将而成④。慕而不学，学识不积，文不可自博也；仰而不修，教养不致，礼不可自约也。不学不修以期博文之识、约礼之正，犹不实而期有获也⑤。铭曰："苟日新，日日新，又日新。"⑥故日有所为，月有所进；日积月累，方见其效。日就月将，则缉熙不已⑦，学识教养循循而入，人莫知所以然而然，大功乃成！

注释

① 本文系海南省临高县博文学校校训赋。

② "非礼勿视，非礼勿听，非礼勿言，非礼勿动"出自《论语》。

③ "慎独慎微，规行矩步……"句，改写自《颜氏家训》，原文为："晓夕温清，规行矩步，安辞定色，锵锵翼翼。"

④ 日就月将：出自《诗经》。指每天都有收获，每月都有进步，形容日积月累，精进不止。

⑤ 犹不实而期有获：出自屈原《楚辞》。文中有"孰无施而有报兮，孰不实而有获？"之句，意思是："哪有不付出就能得到酬报？哪有不播种就能得到收获？"

⑥ "苟日新，日日新，又日新"出自汤之《盘铭》。汤：即成汤，商朝的开国君主。盘：即洗澡用具。铭：铭刻的箴言。这里说的是汤把"苟日新，日日新，又日新"铭刻在自己的洗澡用具上，以便自己每天洗澡的时候要看见这句箴言，时刻提醒自己要及时反省，不断进步，自我革新。

⑦ 缉熙：光明之意。语出《诗经》："穆穆文王，于缉熙敬止。""日就月将，则缉熙不已"的意思是：日日有所收获，月月有所进步，这样不断地学习，日积月累就能达到无比光明的境界。

译文

为学之本，学识教养。学识者，广博精深也。广博厚基，精深攻坚。教养者，知书达礼也。知书明理，达礼成事。故博文约礼者，以文博识，以礼约行也。

学习的根本，在于丰富自己的学识、提高自我的教养。丰富学识务求广博精深。学识越广博，基础就打得越厚实；学识越精深，就越容易攻克各种难题。提高教养关键要知书达理。读的书越多，就越能够明白做人做事的道理；按照礼节规矩行事，就一定能够将事情办成办好。所以，博文约礼的意思就是：通过学习文化知识来广博我们的学识；通过读书学习明白了做人做事的道理后，我们能够自觉地按照礼节规矩来约束自己的行为。

人有诗词歌赋，琴棋书画，人文百科之修；有数理化生，信息光电，机械智能，科学技术之智；有上知天文，中明人事，下晓地理之识；有探宇宙之奥，究自然之秘，经社会之序之能，皆学识赋能，博文之功也。

一个人如果有诗词歌赋、琴棋书画等人文百科的修养；有掌握数理化生、信息光电、机械智能等科学技术的智慧；有上知天文，中明人世间的事理，下晓地理的见识；有探索宇宙的奥秘，探究自然的神秘，治理社会秩序的能力等，都是学识所赋予我们的能力，是我们拥有广博的文化知识的功劳。

人有德正品端，思无邪念，欲无恶意，行无害危之心；有非礼勿视，非礼勿听，非礼勿言，非礼勿动之守；有动静有法，举止有节，文质彬彬，然后君子之操；有慎独慎微，规行矩步，安辞定色，锵锵翼翼之态；有诚实守信，不卑不亢，浩然正气，顶天立地之姿，皆教养修德，约礼之用也。

一个人如果品德端正，心思没有邪念，欲念没有恶意，行为没有害人之心；有不合礼规的事不去看、不去听、不去说、不去做的操守；有动静都有法则、举止都有节制，有内外一致谦谦君子般的操守；有在独处的时候和细微的事情中的谨慎把握，行为规范，举止规矩，言辞稳重，神色安定，有恭敬稳健的神态；

有诚实守信，不卑微、不高傲，讲正气，做人顶天立地的姿态，这些都是人自身的教养和道德修养所赋予的，是人们自觉用礼节来规约自己的功效。

博文约礼之境，日就月将而成。慕而不学，学识不积，文不可自博也；仰而不修，教养不致，礼不可自约也。不学不修以期博文之识、约礼之正，犹不实而期有获也。铭曰："苟日新，日日新，又日新。"故日有所为，月有所进；日积月累，方见其效。日就月将，则缉熙不已，学识教养循循而入，人莫知所以然而然，大功乃成！

一个人既学识渊博，又能自觉地约己以礼，这种境界，是通过日积月累的努力而成就的。只是羡慕这样的境界却不去学习，是不可能积累到厚实的学识的，知识学问是不可能自然广博的；只是景仰这样的境界却不去提高自己的修养，是不可能具有良好的教养的，他律是不可能转化为自律的。不加强自我学习、不提高自我修养，还期望有广博的学识，有自我规约的正道，这就好比是不播种就想有收获一样。古人铭刻有这样的箴言："假如我们今天能够让自己有所进步，就应该天天让自己有所进步，进步了还要继续进步。"所以，只要我们每天都有所作为，就能让自己每月都有所进步，这样日积月累，就一定能够见到成效。日日有所收获，月月有所进步，这样不断地学习，日积月累就能达到无比光明的境界。自己的学识教养渐渐地就积累和培养了起来，而人们还没有觉察到自己是怎样达到这样的境界的，到了这个时候，就是真的大功告成了。

开心启智　乐道明理

开心启智　乐道明理[①]

吾校之育，教人于幼，启人于蒙，学之于童，习之于初。虽微不见其著，初始不知其终，然学子奠基固本，受益终身，以其小而成其大者也。

欲以"小"成其大者，必以教而开其心智也。天地孕生万物，人居其一也，然人贵物贱，何故也？生而为人，若心智未开，蒙昧于心，弱智低能，无思想于内，无能动于外，食之于腹，酣之于眠，朝暮终日，则无异于禽兽。不能"成人"于万物之灵，何以成其大？故开心启智，成人之始。

孩童之年，童心烂漫，童趣盎然。故幼小之学，顺其性而为其教，因其情而启其蒙，励其心而开其智。缤纷其知识，绚丽其才智，塑之于无形，成之于多元。在寓教于乐中健康其身心，于健全心智中旺盛其生命。若此，则弟子必开心乐学而不厌弃之，必遵教于师而不逆反之，吾校亦必为学子"开心"启智之乐园也。

欲以"小"成其大者，必以教而明其道理也。天地孕生万物，人居其一也，然人贵物贱，何故也？生而为人，若不识人伦，不明事理，不辨是非，不以正道，败德失节，则无人格之立，无上品之尊，必自取其辱而自贱为物。不能"成人"于天地之贵，何以成其大？故乐道明理，成人之本。

大道至简，至理于常。然成人之教，必使其讲而习之于幼稚之时。古者小学，教人以洒扫应对进退之节、爱亲敬长隆师亲友之道[②]。看似简也，以为常也，却皆为人修身、齐家、治国、平天下之根本。故乐道明理者，行圣人无言之教也，鲜活于生活，默化于日常，习与智长，化与心成。若此，则启悟弟子以道，不必假于大言凿凿；明白弟子以理，不必假于强词呱呱，吾校遂成学子"乐道"明理之乐园也。

或有人问焉：能以一言以贯之否？答曰：开心智，明道理，乐在其中也！

注释

① 本文系西南大学华南城小学校训赋文。

② "古者小学……"句，出自宋·朱熹《小学》。

译文

吾校之育，教人于幼，启人于蒙，学之于童，习之于初。虽微不见其著，初始不知其终，然学子奠基固本，受益终身，以其小而成其大者也。

我们学校的教育，是从孩子们的幼年时开始的，开启孩子们的心智于童蒙时期，助力孩子们的学习于童年时代，养成孩子们的习惯于成长之初。这样的启蒙教育虽然微不足道，也不能决定一个人最终的结果，但却能为孩子们的成长奠定良好的基础，巩固其成长的根本而让孩子们终身受益。从这个角度来看，我们所从事的就是从一个人成长最初的、最细微的方面入手最终去成就伟大的教育事业。

欲以"小"成其大者，必以教而开其心智也。天地孕生万物，人居其一也，然人贵物贱，何故也？生而为人，若心智未开，蒙昧于心，弱智低能，无思想于内，无能动于外，食之于腹，酣之于眠，朝暮终日，则无异于禽兽。不能"成人"于万物之灵，何以成其大？故开心启智，成人之始。

想要将这个看似很"小"，却能为人们一生成长奠基固本的大事做好，关键是要通过后天的教育去开启每一个孩子的心智。天地孕生了自然万物，人也不过是这自然万物中的一个种类而已，但为什么会有人与物之间的贵贱之别呢？试想想，假若我们生而为人，却未能开启人之心智，一直处于一种蒙昧状态，智力低下无能，内无思想活动，外无行为的能动，每天只求吃饱睡好，从早到晚无所事事终其一天，这样的存在状态不就与禽兽一样了吗。所以，不能从小培育人万物之灵的心智，我们又如何解决好人生成长的大事呢？由此看来，每个人在幼年时是否开启心智，的确是决定一个人最终能否真正地成为"人"的开始。

孩童之年，童心烂漫，童趣盎然。故幼小之学，顺其性而为其教，因其情而启其蒙，励其心而开其智。缤纷其知识，绚丽其才智，塑之于无形，成之于多元。在寓教于乐中健康其身心，于健全心智中旺盛其生命。若此，则弟子必开心乐学而不厌弃之，必遵教于师而不逆反之，吾校亦必为学子"开心"启智之乐园也。

每个人在孩童时代，都有一颗烂漫的童心，都有无比盎然的童趣。因此，幼儿的学习要顺应其天性来施教，要因袭其性情来启蒙，要激励其心性来开智。要让孩子们学到丰富浩瀚的知识，在各学科领域中增长才智，就要在孩子们还没有完全定型的可塑期去塑造他们，使之在未来人生的无限可能中多元发展。在寓教于乐中让孩子们身心健康地成长，让孩子们在拥有健全心智的同时赋予他们旺盛的生命力。如果我们坚持这样做，那么孩子们一定会非常开心地享受学习而不会厌倦学习，一定会遵从老师的教诲而不会滋生逆反心理。如若这样，我们的校园也一定会成为孩子们开开心心学习的开智乐园。

欲以"小"成其大者，必以教而明其道理也。天地孕生万物，人居其一也，然人贵物贱，何故也？生而为人，若不识人伦，不明事理，不辨是非，不以正道，败德失节，则无人格之立，无上品之尊，必自取其辱而自贱为物。不能"成人"于天地之贵，何以成其大？故乐道明理，成人之本。

想要将这个看似很"小"，却能为人们一生成长奠基固本的大事做好，一定要通过我们的教育让孩子们明白做人的道理。天地孕生了自然万物，人也不过是这自然万物中的一个种类而已，但为什么会有人与物之间的贵贱之别呢？试想想，假若我们生而为人，却不了解基本的人伦关系，不明白为人处世的事理，不能辨别是非对错，做人不走正道，品德差又没有节操，这样的人其人格都立不起来，自然也就丧失了其做人的高贵之尊，最后必然自取其辱，自贱为毫无人格尊严的存在物。所以，不能从小培育人贵为天下的品性，我们又如何解决好人生成长的大事呢？由此看来，让每个孩子乐于知晓并明白这些做人的道理，的确是决定一个人最终真正成为"人"的根本。

大道至简，至理于常。然成人之教，必使其讲而习之于幼稚之时。古者小学，教人以洒扫、应对、进退之节；爱亲、敬长、隆师、亲友之道。

看似简也，以为常也，却皆为人修身、齐家、治国、平天下之根本。故乐道明理者，行圣人无言之教也，鲜活于生活，默化于日常，习与智长，化与心成。若此，则启悟弟子以道，不必假于大言凿凿；明白弟子以理，不必假于强词咄咄，吾校遂成学子"乐道"明理之乐园也。

越是深刻的道理越需要以简约的方式来表达，越是至深的原理越需要以惯常的方式来理解。让"人"真正地成为一个人的教育（虽然很高深），如果能够从每个人的孩提时代就开始给他们进行讲授和练习（这也不是一件很难的事情）。古代小孩子的学习，传授的都是一些庭院洒扫、事务应对、处世进退的礼节；爱自己的亲人、尊敬长辈、敬爱老师、亲善朋友等一些基本的道理。这些礼节和道理看似简单，似为平常，但却是一个人一辈子修养自我、经营家业、治理国家和安定天下的根本。所以，要让孩子们乐于知晓并明白这些道理，就应该像中国古代圣贤所主张的那样，不要在嘴上讲大道理，而应该将之置于鲜活的日常之中，并在日常生活中去潜移默化，慢慢地帮助孩子们开启心智，让这些道理进入孩子们的内心深处。如此一来，我们启悟孩子们做人的道理，就不再是用那言辞凿凿的说教了；要让孩子明白的事理，就不再靠那咄咄逼人的训斥了。如若这样，我们的学校一定能够成为孩子们乐于晓道明理的乐园。

或有人问焉：能以一言以贯之否？答曰：开心智，明道理，乐在其中也！

有人问道：能不能用一句话简明扼要地概括你们所倡导的校训精神呢？我们的回答是：开心智，明道理，大家（教师乐教、学生乐学）都乐在其中！

临高望远　明德厚学

临高望远　明德厚学①

临高临高②，以观沧海，沧海泱泱兮，曷其没矣③？予非凤鳒④，能劈惊涛；予非青龙⑤，可潜深渊。叹沧海之辽兮，似不可企兮。临高临高，以瞻彼岸，彼岸渺渺兮，天际何方？予非高明，眼视千里；予非高觉，耳听八方⑥。思彼岸之遥兮，似不可盼兮。临高临高，以仰苍穹，苍穹茫茫兮，昊天周极⑦？予非凤凰，鸣彼高岗⑧；予非鲲鹏，御风腾云⑨。慕苍穹之高兮，似不可望兮。

临高望远兮，我心郁郁兮。念天地之悠悠，吾独处于一隅；顾寰宇之浩浩，吾独居于一隅。若固步于此，则吾之今生，所见之短浅，所识之孤陋，所知之寡闻，不亦明乎！庄子讽朝菌不知晦朔，蟪蛄不知春秋⑩，疑之以为言己也！故不济沧海，难知有四洋；不及彼岸，不可达五洲；不穷苍穹，何以揽九天？故先贤常勉于后学曰：读万卷书，行万里路，诚哉斯言！

临高望远兮，我心灿灿兮。荀子有云："吾尝跂而望矣，不如登高之博见也。"⑪今临高博见，知视野局于眼界，认知隘于见识，心志囿于格局。晓其理也，豁然于心，既明明德，而知心之所向。故企沧海之辽兮，可有其界乎？盼彼岸之遥兮，可有其终乎？望苍穹之高兮，可有其穷乎？非也！非也！此乃吾人生之愿，若有所止，必也止于至善乎！

明德有志，学以成之。荀子劝学弟子曰："吾尝终日而思矣，不如须臾之所学也。"⑫故心之所向，勤学为径，厚学而成。以学致知晓天下，以知赋能行无疆。厚学者，不唯有晓天下之知，亦定有行天下之能，善造物假物⑬而已矣！人非有神足而致千里，有造舆假舆之能也；人非有仙羽而揽九天，有造舟假舟之能也。故予非凤鳒青龙，可及沧海辽阔；予非高明高觉，可识彼岸烟火；予非凤凰鲲鹏，可穷苍穹天河。人非生而知之者，亦非生而能之者，明德厚学而已也。

注释

① 本文系海南省西南大学临高实验中学校训赋文。临高望远：一语双关之语。一作名词，指海南省临高县。该县地处海南岛西北部，东邻澄迈县，西南与儋州市接壤，西北濒临北部湾，北濒琼州海峡，与雷州半岛隔海相望，行政区域土地面积 1299 平方公里。二作动词，登高之意。

② 临高临高：在临高登高之意。前为名词，"临高"地名之谓；后为动词，"登高"之谓。

③ "曷其没矣"出自《诗经·小雅·渐渐之石》。其意为：哪里才是它的尽头啊。

④ 凤鲚（jì）：鱼名，大多生活于沿岸浅水区或近海，在中国分布于渤海、黄海和东海等地。

⑤ 青龙：在中国被称为"四圣""四象"，是"天之四灵"之一，又称为苍龙，代表东方，青色，因此称为"东方青龙"。

⑥ 高明、高觉：中国神话及民间宗教信仰中的神仙，高明人称"千里眼"，高觉人称"顺风耳"。《封神演义》中讲到，商纣王手下有两员大将，一个叫高明，能眼观千里；一个叫高觉，能耳听八方。这两个人原是棋盘山上的桃精和柳鬼，会很多妖术。

⑦ 昊天罔极：指天空广大无边，出自《诗经·小雅·蓼莪》。

⑧ "予非凤凰，鸣彼高岗"出自《诗经·大雅·卷阿》："凤凰鸣矣，于彼高岗；梧桐生矣，于彼朝阳。"

⑨ 鲲鹏：古代传说中体形庞大的既为鱼亦为鸟的神兽。《庄子·逍遥游》中载："北冥有鱼，其名为鲲。鲲之大，不知其几千里也。化而为鸟，其名为鹏。鹏之背，不知其几千里也。怒而飞，其翼若垂天之云。"

⑩ "朝菌不知晦朔，蟪蛄（huì gū）不知春秋"出自《庄子·逍遥游》。意思是早晨出生的菌类不到黑夜就死去，因而不知黑夜与黎明；寒蝉春生夏死或夏生秋死，因而不知春天与秋天。比喻见识短浅。晦朔：早晚、旦夕。蟪蛄：即昆虫"知了"。

⑪⑫ "吾尝跂而望矣，不如登高之博见也"与"吾尝终日而思矣，不如须

臾之所学也"两句皆出自《荀子·劝学篇》。

⑬ 善造物假物：指人通过知识的武装，可以拥有"造物"，即发明创造的能力，并能够通过"假物"（即凭靠、利用这些发明创造的器物）去实现自己愿望。

译文

临高临高，以观沧海，沧海泱泱兮，曷其没矣？予非凤鲧，能劈惊涛；予非青龙，可潜深渊。叹沧海之辽兮，似不可企兮。临高临高，以瞻彼岸，彼岸渺渺兮，天际何方？予非高明，眼视千里；予非高觉，耳听八方。思彼岸之遥兮，似不可盼兮。临高临高，以仰苍穹，苍穹茫茫兮，昊天罔极？予非凤凰，鸣彼高岗；予非鲲鹏，御风腾云。慕苍穹之高兮，似不可望兮。

在临高去登高，去看那苍茫的大海，大海多么浩瀚啊！哪里才是它的尽头呢？我又不是那凤鲧，能在惊涛骇浪中穿梭；我也不是那青龙，可以潜游在万丈深渊。感叹大海如此之辽阔，我这辈子似乎是不可能企及的了。在临高去登高，去看那遥远的彼岸，彼岸是那样的缥缈啊！这远在天边的彼岸究竟是什么地方？我不是那千里眼高明，能够目及千里；我也不是那顺风耳高觉，能够听到远处来自八方的声音。思量那遥不可及的彼岸，我这辈子似乎是难以企盼到了。在临高去登高，去看那无际的天空，天空是那样的空旷啊！难道天空真的高远得让人无法穷尽？我不是那凤凰，在那高岗上鸣叫（可以声扬苍穹）；我也不是那鲲鹏，可以腾云驾雾（翱翔九天）。羡慕天空是那样的开阔高远，我这辈子似乎是没有什么企望的了。

临高望远兮，我心郁郁兮。念天地之悠悠，吾独处于一隅；顾寰宇之浩浩，吾独居于一隅。若固步于此，则吾之今生，所见之短浅，所识之孤陋，所知之寡闻，不亦明乎！庄子讽朝菌不知晦朔，蟪蛄不知春秋，疑之以为言己也！故不济沧海，难知有四洋；不及彼岸，不可达五洲；不穷苍穹，何以揽九天？故先贤常勉于后学曰：读万卷书，行万里路，诚哉斯言！

在临高瞻望远方啊，让我的心情如此郁闷啊！想想天地如此广大无边，我却独处在这样一个小小的角落；看看宇宙如此浩瀚广阔，我却独居在这样一个小小的地方。如迈不开自己的脚步走出去，那么我这一辈子，见识一定会非常短浅，智识一定会非常浅薄，认知一定会非常狭隘，这一切都将是非常清楚的结果。庄子曾以那些早晨出生的菌类不知道有旦夕之别（因为它早上生长出来，不到晚上来临就死去了），知了不知道还有春天和秋天的区别（因为它一般是春天生夏天就死了，或夏天生秋天就死了）为喻来讽刺那些见识短浅的人，我感觉庄子讽刺的似乎就是我自己。可见，如果不走出去远渡重洋，我们是难以知晓那四大海洋的；如果不走出去登上那彼岸的土地，我们是永远无法到达那五大洲的；如果不走出去穷尽苍穹之极，我们又何以能够去九天探星揽月？所以，圣贤们常常劝勉后生说：要读万卷书，要行万里路（只有这样我们才能见多识广）。前辈圣贤们讲的这番话真是太有道理了。

临高望远兮，我心灿灿兮。荀子有云："吾尝跂而望矣，不如登高之博见也。"今临高博见，知视野局于眼界，认知隘于见识，心志囿于格局。晓其理也，豁然于心，既明明德，而知心之所向。故企沧海之辽兮，可有其界乎？盼彼岸之遥兮，可有其终乎？望苍穹之高兮，可有其穷乎？非也！非也！此乃吾人生之愿，若有所止，必也止于至善乎！

在临高瞻望远方啊，我的心情一下就豁然开朗了。荀子说："我与其经常踮着脚跟张望，还不如登到那高处去让自己站得高看得远。"今天我（在临高）登高，就是知道了一个人的视野是受自己的眼界所局限的，一个人的认知是受自己的见识所限制的，一个人的心志是受自己的格局所桎梏的。知道了这个道理，我的内心当然就豁然开朗了。既然明白了这个道理，我一下子就为自己找到了前行的方向。（在这个方向的指引下）我忽然觉得自己所希望到达的那辽阔的大海，它真有那可以到达的边界吗？自己所企盼的那遥远的彼岸，它真有那可以抵达的终点吗？自己所企望的那高远的苍穹，它真有那可以穷尽的界域吗？一定不是这样的！一定不是这样的！我内心的这个愿望，它的追求是没有止境的，如果非要给它找到一个终点，这个终点应该是止于至善的吧。

明德有志，学以成之。荀子劝学弟子曰："吾尝终日而思矣，不如须臾之所学也。"故心之所向，勤学为径，厚学而成。以学致知晓天下，以知赋能行无疆。厚学者，不唯有晓天下之知，亦定有行天下之能，善造物假物而已矣！人非有神足而致千里，有造舆假舆之能也；人非有仙羽而揽九天，有造舟假舟之能也。故予非凤鳊青龙，可及沧海辽阔；予非高明高觉，可识彼岸烟火；予非凤凰鲲鹏，可穷苍穹天河。人非生而知之者，亦非生而能之者，明德厚学而已也。

一个人一旦明白了事理，他的内心就有了志向追求，但要实现自己的愿望，还得靠勤学来成就它。荀子在劝勉他的学生时说："我与其成天到晚去冥想空想，还不如抓紧哪怕是片刻的时间来学习。"因此，对于自己内心的向往，只有伒靠勤学这唯一的途径，通过勤学让自己有厚实的学识才能够梦想成真。通过学习获知天下事，知识赋能行走天下路。有厚实学识的人，不仅仅有通晓天下的知识，亦一定有行走天下的本事，这不过是知识所赋予我们的创造力，让我们具有发明新事物、创造新事物和利用新事物的能力而已。人并不是有一双神奇的双脚可以到达千里之外的地方，而是人具有制造并利用车辆的能力；人并不是有一双神仙的羽翼可以飞到九天之上去，而是人具有制造并借助飞船的能力。由此看来，我虽然不是凤鳊、青龙，但我同样可以企及沧海；我虽然不是高明、高觉，但我同样可以知晓彼岸的人间烟火；我虽然不是凤凰、鲲鹏，但我同样可以叩问苍穹天河。人不是生下来就都知晓万物，也不是生下来就能做万事的，这不过是明德厚学的必然结果而已。

养德弘善　求真尚美

养德弘善　求真尚美①

德者，人之主也。人无德，无以立；德失人，无所依。教育之本，立德树人；为学之实，养德修身。然德非虚名，人品之谓也。有其品者，真善美也；失其品者，伪恶丑也。由是观之，而知养德之要。

养德者，育弘善祛恶之品也。孟子言性善②，倡四端③，以人之皆有良知善能，若能彰而显之，扩而充之，善即可得而弘之。故养德不假外求，反求诸己而已矣④！荀子称性恶⑤，辨人欲，以人之皆有七情六欲，而恶念潜于心，故养德在乎化性⑥，祛恶扬善而已也。人之为学，辨善恶是非也。善恶既明，是非既清，内化于德而品立，外见于行而善扬。故养德弘善者，有善意见萌，施之于人，勿以善小而不为；有恶念起意，祛之于几⑦，勿以恶小而为之。

养德者，育求真去伪之品也。"吾爱吾师，吾更爱真理。"⑧此言所及之精神，不亦求真之品乎？为学无他，求真知而已；养德无他，做真人而已。何以至之？去伪存真而已！伪行于世，贻害天下：伪言以假乱真，混淆视听；伪行以假乱事，败家毁业；伪学以假乱国，祸国殃民。故为学者，若无追求真理之志，伪不能辨而学不可达也；若无坚守真理之勇，伪不能去而学不可成也。故求真之志、守真之勇，其为德也，实乃学者之珍品也。

养德者，育尚美摈丑之品也。人立于世，展形象也。以美示人，人喜之；以丑见人，人厌之。故人常以人之言行美丑，识人之德性，鉴人之品位。然人之德品高低，皆自为而成之：尚美则雅，趋俗则庸，崇丑则恶。故善为学者，必也能辨美丑也，择其良者而纳之，去其莠者而摈之。若是，则美德可修也。美德修于心，品相显于身。其为人也，其心必纯，其眸必柔，其色必润，其面必善，其形必妍，其神必奕。人见其人，人人悦之，何故也？尚美之德，美人于心。

注释

① 本文系海南省西南大学三亚中学校训赋文。

② 孟子：名轲，战国时邹国（今山东邹城东南）人。战国时期哲学家、思想家、教育家，儒家学派的代表人物，与孔子并称"孔孟"。在人性善恶的认识上，孟子是性善论的主要倡导者。

③ 四端：孟子认为"仁义礼智"是每个人生而具有的四个善良"发端"。《孟子·公孙丑上》："恻隐之心，仁之端也；羞恶之心，义之端也；辞让之心，礼之端也；是非之心，智之端也。人之有是四端也，犹其有四体也。有是四端而自谓不能者，自贼者也。"（恻隐之心是仁的发端；羞恶之心是义的发端；辞让之心是礼的发端；是非之心是智的发端。人有这四个善端，犹如人的身体有四肢一样，有这四个善端，却说自己做不到向善行善，这是自暴自弃的说法）。《孟子·告子上》："仁义礼智，非由外铄我也，我固有之也，弗思耳矣。"（仁义礼智，不是外在赋予我的，是我生下来本来就具有的，只是没深入思考过罢了。）

④ 反求诸己：孟子认为，既然善是源于自我本心的，因此求善扬善均不需要外求，只需要面向自我将自己内心的善发扬出来即可。

⑤ 荀子：名况，战国末期赵国人，两汉时因避汉宣帝名讳称"孙卿"。思想家、哲学家、教育家，儒家学派的代表人物。在人性善恶的认识上，荀子是性恶论的主要倡导者。

⑥ 化性：荀子认为人性既恶，那么就需要对人的人性进行改造（化性），由此荀子提出了"化性起伪"的著名论点，认为"人之性恶，其善者伪也"，即人性是本恶的，善是人后天人为（伪）努力的结果。荀子这里所说的"伪"，有"人为"之意，与本文中的"真伪"的"伪"含义有所不同。

⑦ 几：《周易·系辞下》中有"几者，动之微"，故"几"指起心动念，是人们想要去做某件事情的欲念苗头。"祛之于几"就是说将之消灭在欲念微动的萌芽状态。

⑧ 吾爱吾师，吾更爱真理：语出古希腊著名哲学家、科学家和教育家，希腊哲学的集大成者亚里士多德。作为柏拉图的学生，亚里士多德对老师非常崇敬，但也不盲从老师的观点，因此说了这句名言。

译文

德者，人之主也。人无德，无以立；德失人，无所依。教育之本，立德树人；为学之实，养德修身。然德非虚名，人品之谓也。有其品者，真善美也；失其品者，伪恶丑也。由是观之，而知养德之要。

德是做人的根本。人没有了德，就难以在世上立足；德离开了人，也就失去了依托的主体。教育的根本任务是立德树人，为学的真正本质是养德修身。然而，德并不是一个虚无的概念，它是对人的品格的称谓。有人品的人，有真善美的德性；没有人品的人，有假恶丑的德性。由此思考，就会明白我们修养道德的基本要义。

养德者，育弘善祛恶之品也。孟子言性善，倡四端，以人之皆有良知善能，若能彰而显之，扩而充之，善即可得而弘之。故养德不假外求，反求诸己而已矣！荀子称性恶，辨人欲，以人之皆有七情六欲，而恶念潜于心。故养德在乎化性，祛恶扬善而已也。人之为学，辨善恶是非也。善恶既明，是非既清，内化于德而品立，外见于行而善扬。故养德弘善者，有善意见萌，施之于人，勿以善小而不为；有恶念起意，祛之于几，勿以恶小而为之。

要修养自我道德，就要培育自己弘善祛恶的品质。孟子主张性善论，倡导人天生就具有四个善良发端的学说，认为人人都具有与生俱来的良知善能，如果人们能够将之彰显出来，充分地扩散发挥出来，就可以实现弘扬善的目的。所以，孟子认为修养道德是不需要向外寻求的，只需要面向自我将自己内心的善发扬出来即可。荀子主张性恶论，他通过对人的各种欲望的分析，认为人人皆有七情六欲，因此每个人都有恶念潜伏在内心深处。所以，荀子认为修养道德的关键是对人性的改造，以之来祛除人性的恶，这样才能使善得到弘扬。（无论什么学说和主张）我们都要通过学习，来提高自己辨别善恶是非的能力。能明辨善恶，能清楚是非，并将之内化为自己的德性，我们做人的品格就树立起来了；对外付诸于实际行动，这就是在弘扬善。所以，人要通过修养道德来弘扬善，就要在自己萌动了善良意愿的时候，去施之于人，见诸于行动，千万不要因为这个善良的愿望很小就将之放弃；要在自己恶念刚起的时候，将之祛除在内心微动的那一瞬间，千万不要因为这个恶念很微小不会造成什么不良后果而为之。

养德者，育求真去伪之品也。"吾爱吾师，吾更爱真理。"此言所及之精神，不亦求真之品乎？为学无他，求真知而已；养德无他，做真人而已。何以至之？去伪存真而已！伪行于世，贻害天下：伪言以假乱真，混淆视听；伪行以假乱事，败家毁业；伪学以假乱国，祸国殃民。故为学者，若无追求真理之志，伪不能辨而学不可达也；若无坚守真理之勇，伪不能去而学不可成也。故求真之志、守真之勇，其为德也，实乃学者之珍品也。

要修养自我道德，就要培育自己求真去伪的品质。"吾爱吾师，吾更爱真理。"亚里士多德这句话所倡导的精神，不就是我们要培养的追求真理的品质吗？人学习的目的，不过就是为了掌握真知而已；人养德的目的，不过就是为了让自己成为一个真正意义上的人而已。如何才能实现呢？不过就是要在学习和养德的过程中不断地去伪存真而已。伪大行其道，会贻害无穷：伪言会以假乱真，混淆视听；伪行会以假乱事，败家毁业；伪学会以假乱国，祸国殃民。所以，学习知识的人，如果没有追求真理的志向，就不能辨别真伪，从而无法达到学习的目的；如果没有坚持真理的勇气，就不能去除伪的糟粕，从而无法真正的学有所成。可见，追求真理的志向，坚持真理的勇气，作为人的德性，的确是为学之人最珍贵的品质。

养德者，育尚美摈丑之品也。人立于世，展形象也。以美示人，人喜之；以丑见人，人厌之。故人常以人之言行美丑，识人之德性，鉴人之品位。然人之德品高低，皆自为而成之：尚美则雅，趋俗则庸，崇丑则恶。故善为学者，必也能辨美丑也，择其良者而纳之，去其莠者而摈之。若是，则美德可修也。美德修于心，品相显于身。其为人也，其心必纯，其眸必柔，其色必润，其面必善，其形必妍，其神必奕。人见其人，人人悦之，何故也？
尚美之德，美人于心。

　　要修养自我道德，就要培育自己尚美摈丑的品质。人活在这个世界上，需
要向外界展示自己的形象。如果我们呈现给大家以美，大家都会喜欢你；如果
我们呈现给大家以丑，大家就会讨厌你。所以，人们常以一个人的言行美丑，
来识别他德性的好坏，来鉴别他品位的高低。然而，一个人品德的高低，都是
自我成就的：崇尚美的人，品德就高雅；趋向低俗的人，品德就平庸；崇奉丑
陋的人，品德就恶毒。善于学习的人，一定是能够辨别美丑的人，择其良好而
接纳之，去其莠败而摈弃之。若能做到这一点，美德就渐渐地修养而成了。一
个人若能将美德修于心，那么，他美好的品格就会在身上显现出来。有这样品
格的人，他的心地是那样的纯正，他的双眸是那样的柔和，他的面色是那样的
温润，他的面相是那样的和善，他的形象是那样的妍美，他的神态是那样的焕
发。人人见到他，人人都喜欢他，这是为什么呢？因为人一旦有了美好的品德，
他的美就会深入每个人的心窝里去。

道术兼修　文武尽胜

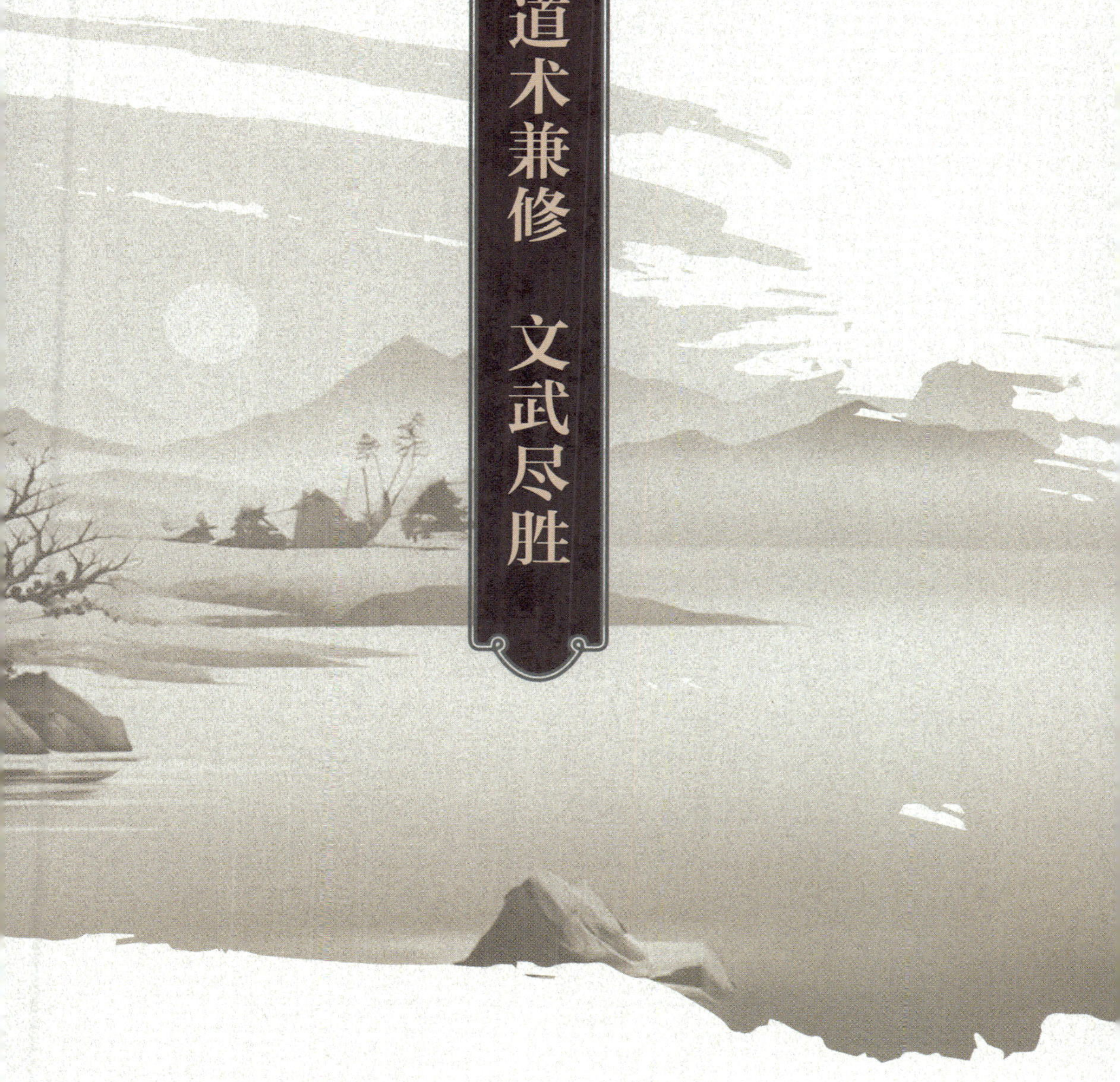

道术兼修　文武尽胜^①

　　为学之要，道术兼修。道者，百科之理；术者，百科之用。万物各有其域，各域自有其道，格物致知而成百科学理^②。学理者，究万物各域之道而成百科之原理也。故百科之学，皆以晓其原理为基，原理既通而赋人以创造之能，人假之以制器^③，驭器为用谓之术。故术者，学以致用之能也。

　　《易》曰："形而上者谓之道，形而下者谓之器，化而裁之谓之变，推而行之谓之通，举而措之天下之民谓之事业。"^④此论甚为精要，天下凡得其要领者，万事必兴，事业必成。形而上者，无形质之抽象之谓也；形而下者，有形质之具象之谓也。大道无形而孕万物生，大道无声而作万物宰，大道无影而兴万物昌。由是观之，宇宙之奥，尽在道中；天地之秘，惟道能解。故学问之问，问道苍穹；学问之学，学理明道。求学若是，则道于形上而成形下之故明矣！依其原理而用之，人亦可以无形之道塑具象之器。器，化道于形，具象于物，各有其用而利天下万民。故形上与形下者，实乃科学之道与科技之术之辩证也。道为本，术为用。为学务其本，以学致其用，道术兼修不偏废，学问功夫自然成。

　　修养之要，文武尽胜^⑤。文者，养心之德；武者，养体之魄。德，为人之本，德卑者失尊，故难为其人；体，立命之基，体弱者多疾，故难安其身。尽胜者，尽己之能而任之，臻于至善之谓也。文武双修至尽胜之境者，内养其德，外养其体，神形兼备，相得益彰。

　　以文修身，实养心也。观乎人文，而知人之所以为人；观乎人文而化之^⑥，而得人之德于心也。故养心在德，德立而品正，品正而人格彰。人怀德于心，健心智也。心智者，鉴是非善恶美丑之能也。明德有智，见是非能断，见善恶能判，见美丑能辨，人生不入迷途，心智成熟之征也。人怀德于心，美心灵也。心灵者，心之灵思慧根也。明德见性，有心地之善，必有心灵之美；有心灵之美，必有尚美之愿；有尚美之愿，嘉言美行显于身。文质彬彬，然后可见君子也^⑦！

　　以武修身，实养体也。观乎生命，而知体魄之所载；观乎生命而惜之，而得康健体魄于己也。不勤萎四肢，不动僵五体⑧，故养体之武，非好勇斗狠，习练之谓也。以武修身，必崇体育。体育遵身体发育之规律，倡科学训练之方法，达强身健体之目的。以武修身，必尚劳动。劳动育品德，磨意志；强筋骨，健身材；讲技艺，培能力，裨益甚多，皆兼而得之。修身健体，万事之基，旺盛生命，精气神足，以奕奕神采赴似锦前程。

噫吁嚱⑨！道术兼修，文武尽胜，德智体美劳全面发展之谓也⑩。

注释

① 本文系四川省广安市武胜县龙女湖中学校训赋文。"文武尽胜"中含"武胜"二字，以此暗指学校所在位置。武胜县，原名定远县，隶属四川省广安市，地处四川省东部、嘉陵江中游，东临广安岳池县、西连遂宁、南接重庆、北交南充。幅员面积 966 平方千米。商、周、秦汉时期相继为巴国、巴郡、巴西郡地。元朝至元四年（1267 年），设置武胜军（军与县同级）。民国三年（1914年），更名为武胜县。

② 格物致知：推究事物规律，从而获得对事物的认知。格：推究；致：求得。出自《礼记·大学》："致知在格物，物格而后知至。"学理：学科所阐发的科学原理和法则。

③ 人假之以制器：指人可以凭借其创造能力制造出新的器物。假：凭借、依靠；之：指上文所说的"创造之能"。

④ "形而上者谓之道，形而下者谓之器……"句出自《周易》。关于"形而上"和"形而下"的含义，《朱子语类》："形而上者，无形无影，是此理。行而下者，有形有状，是此器。"《〈孟子〉字义疏证》卷中："形谓已成形质。形而上犹曰形以前，形而下犹曰形以后。阴阳之未成形质，是谓形而上者也，非形而下明矣。"文中这句话的意思是说：道是超越那具体有形之物（形上）的抽象原理，器是具有形体存在（形下）的物体。道的原理的运用变化无穷，推行起来具有普遍的通用性，若将之在天下广泛应用去造福民众，一定能够成就一番伟大事业。

⑤ "文武尽胜"语出《吕氏春秋·慎大览·不广》。"用武则以力胜，用文则以德胜。文武尽胜，何敌之不服。"其意为：用武要依靠力量取胜；用文要依靠德行取胜。文和武均胜过敌人，还有什么敌人不可以制服呢？"尽胜"的本义是"均胜过、超过"。在本文中，"道术"与"文武"、"兼修"与"尽胜"是相互对应的关系，故其意与原意有所不同。在这里，"尽"有"尽可能、极致"之意，"胜"则有"胜任、担当"之意。因此，"文武尽胜"在本文中其意为：在文、武两个方面都要去追求一种尽善尽美的境界，从而与"道术兼修"所倡导的在道、术两个方面都要加强自我修养的意思相契合。

⑥ "观乎人文而化之"语出《周易·贲》："文明以止，人文也。观乎天文，以察时变。观乎人文，以化成天下。"

⑦ "文质彬彬，然后可见君子也"语出《论语·雍也》："质胜文则野，文胜质则史。文质彬彬，然后君子。"

⑧ "四肢""五体"：双手双脚称"四肢"；筋、脉、肉、皮、骨合称为"五体"。

⑨ 噫吁嚱：叹词，表示惊异或慨叹。语出《蜀道难》："噫吁嚱，危乎高哉，蜀道之难难于上青天。"在本文中，这个叹词有表达"原来如此"的蕴意。

⑩ "道术兼修，文武尽胜……"句："道术兼修，文武尽胜"的主旨与德智体美劳全面发展的要求是完全一致的。"道术兼修"强调学生智力（脑智）开发，在"文武尽胜"中"文"强调学生的德、（心）智、美的培养；"武"强调学生的体、劳的锻炼。需要特别注意的是，"智"的含义古今有所区别，古人认为思考的器官是心，故有"心思""心想事成"之说。因此，古代讲的"智"指的是"心智"，而不是今天所谓的智力。智力的"智"是脑智，不是"心智"。比如，孟子在《告子上》中说："恻隐之心，仁也；羞恶之心，义也；恭敬之心，礼也；是非之心，智也。"这里的"智"指的就是"心智"。在本文中，既强调"智力"的开发，也强调健全"心智"的培养。

译文

为学之要，道术兼修。道者，百科之理；术者，百科之用。万物各有其域，各域自有其道，格物致知而成百科学理。学理者，究万物各域之道而成百科之原理也。故百科之学，皆以晓其原理为基，原理既通而赋人以创造之能，人假之以制器，驭器为用谓之术。故术者，学以致用之能也。

学习的要义在于要在"道"和"术"两个方面都加强自己的修炼。道是各学科的基本原理，术是各学科基本原理的应用。宇宙万物都有各自的领域，各个领域都有自己变化发展的规律，探究这些规律，从而获得对各领域事物的认知，就形成了各学科的学理体系。所谓学理，就是各学科在探究万物各域的规律中总结出来的基本原理。因此，无论学习什么学科，都是以领会该学科的基本原理为基础的。人们一旦理解掌握了其基本原理，就能够被赋予一种创造力，依靠这种创造力人就能发明创造出各种器物，驾驭操作这些器物为我所用的技能就是术。所以，"术"其实是人们学以致用能力的体现。

《易》曰："形而上者谓之道，形而下者谓之器，化而裁之谓之变，推而行之谓之通，举而措之天下之民谓之事业。"此论甚为精要，天下凡得其要领者，万事必兴，事业必成。形而上者，无形质之抽象之谓也；形而下者，有形质之具象之谓也。大道无形而孕万物生，大道无声而作万物宰，大道无影而兴万物昌。由是观之，宇宙之奥，尽在道中；天地之秘，惟道能解。故学问之问，问道苍穹；学问之学，学理明道。求学若是，则道于形上而成形下之故明矣！依其原理而用之，人亦可以无形之道塑具象之器。器，化道于形，具象于物，各有其用而利天下万民。故形上与形下者，实乃科学之道与科技之术之辩证也。道为本，术为用。为学务其本，以学致其用，道术兼修不偏废，学问功夫自然成。

《易经》中说："道是超越那具体有形之物的抽象原理，器是具有形体存在的物体。道的原理的运用变化无穷，推行起来具有普遍的通用性，若将之在天下广泛应用去造福民众，一定能够成就一番伟大事业。"这一论述十分精要，天下凡是能够领悟其要领的人，无论做什么事情都能兴旺，事业上也能获得极大的成功。所谓形而上，是对没有具体形质的抽象理念的称谓；所谓形而下，是对那具有具体形质的事物的称谓。道没有具体形质却孕育了天地万物，道寂静无声却成为天地万物运行的主宰，道无影无踪却使天地万物昌盛。由此看来，宇宙中的所有奥秘都隐藏在这规律之中；天地中所有的奥秘也只有这规律才能解释得清楚。因此，所谓"学问"究竟要"问"什么，其实是要在这茫茫宇宙中去探寻规律；所谓"学习"究竟要"学"什么，其实是要在学习学科原理中去领悟规律。以这样的方法来学习，我们就一定能够弄清楚那无形抽象的规律是怎样造就有形具体的事物了。按照这个原理去运用，我们也可以运用这无形的规律去创造那有形具体的器物了。所以，器物是运用无形的规律转化创造出来的，不同的器物形状各异，但都各有其功用而让广大民众在其中大获其益。形而上与形而下的关系，其实是科学原理与科学技术的辩证关系。科学原理是根本，科学技术在运用。学习首先要弄清根本的东西，然后才谈得上如何去学以致用。"道"和"术"都重要不能有任何偏废，这样学习成效自然就会非常明显。

　　修养之要，文武尽胜。文者，养心之德；武者，养体之魄。德，为人之本，德卑者失尊，故难为其人；体，立命之基，体弱者多疾，故难安其身。尽胜者，尽已之能而任之，臻于至善之谓也。文武双修至尽胜之境者，内养其德，外养其体，神形兼备，相得益彰。

　　修养的要义在于要在"文"和"武"两方面的修为中追求一种尽善尽美的境界。"文"的修养滋养内心的品德；"武"的修养强健健康的体魄。品德是做人的根本，品德卑劣的人会失去做人的尊严，从而自己做起人来就会很难；身体是维系生命的基本，身体羸弱的人多病，这样就很难让自己的身体得到安顿。"尽胜"是尽自己的能力去担当胜任，以追求至善之境的意思。在文武两方面的修为都达到了尽善尽美的人，于内有良好的品德，于外有强健的身体，良好的精神状态与健康的身体兼而有之，二者相互映衬而更加光彩灿烂。

以文修身，实养心也。观乎人文，而知人之所以为人；观乎人文而化之，而得人之德于心也。故养心在德，德立而品正，品正而人格彰。人怀德于心，健心智也。心智者，鉴是非善恶美丑之能也。明德有智，见是非能断，见善恶能判，见美丑能辨，人生不入迷途，心智成熟之征也。人怀德于心，美心灵也。心灵者，心之灵思慧根也。明德见性，有心地之善，必有心灵之美；有心灵之美，必有尚美之愿；有尚美之愿，嘉言美行显于身。文质彬彬，然后可见君子也！

"文"的修养实质是养心。看人类千万年的传承，就可以知道人之所以为人的根本；让自己浸润其中，其人文精神就会逐渐地转化为做人的德性并根植于心。滋养心灵的关键在于德性的培养，德性好的人品性才正，品性正的人其人格才能得以彰显。内心有良好的德性，可以健全我们的心智。所谓心智，就是鉴别是非、善恶、美丑的能力。明了德性、健全心智，（因此我们能够）判断是非、判别善恶、辨别美丑，让自己不误入迷途，这就是一个人心智成熟的表现。内心有良好的德性，可以滋养我们的心灵。所谓心灵，就是我们内心深处的灵妙聪慧的心性。明了德性可以显见我们的心性，一个人若心地善良，其心灵一定美好；有美好心灵的人，内心一定有崇尚美好的愿望；有了崇尚美好愿望，在他身上一定表现出嘉言美行。他的举止文雅而有礼，看见他你就知道君子是什么模样了。

以武修身，实养体也。观乎生命，而知体魄之所载；观乎生命而惜之，而得康健体魄于己也。不勤菱四肢，不动僵五体，故养体之武，非好勇斗狠，习练之谓也。以武修身，必崇体育。体育遵身体发育之规律，倡科学训练之方法，达强身健体之目的。以武修身，必尚劳动。劳动育品德，磨意志；强筋骨，健身材；讲技艺，培能力，裨益甚多，皆兼而得之。修身健体，万事之基，旺盛生命，精气神足，以奕奕神采赴似锦前程。

"武"的修养实质是保养身体。看芸芸众生的生命状态，就可以知道健康体魄对生命是多么的重要；见芸芸众生不同的生命状态而知道爱惜自己身体的人，才能让自己拥有一副康健的体魄。一个人不勤快四肢就会萎缩，不喜运动五体就会僵硬，所以，强身健体的"武"，不是好勇斗狠之武，而是习练的意思。所以，要以习练养体，一定要崇尚体育运动。体育遵循人的身体发育规律，讲究科学的训练方法以达到强身健体的目的。要以习练养体，还要热爱劳动。劳动可以培育一个人的品德，磨炼其意志；可以强健筋骨，健美其身材；可以在劳动技艺中增强自己的实践能力等，诸多的益处，都可以兼而得之。修养好健康的身体是从事一切活动的基础，这样才能以旺盛的生命力，饱满的精气神，容光焕发的状态去追求属于自己的如花似锦的美好前程。

噫吁嚱！道术兼修，文武尽胜，德智体美劳全面发展之谓也。

哎呀呀！原来"道术兼修，文武尽胜"倡导的是德智体美劳的全面发展呢！

因材而笃　淬炼成器

因材而笃　淬炼成器①

天生万物，各有其质；人虽亿兆②，各有其资。资者，禀赋者也。人受命于天，禀其赋于父母之体，其资相异而各在其域，不分轩轾③，不可同而较之。人欲成其才，必因其材而笃焉④。《中庸》开篇言曰："天命之谓性，率性之谓道，修道之谓教。"故人皆有其天命之材，谓之性；率性者，因袭己之材而自笃之，成己之道也；修道者，因袭人之材而助笃之，教之道也。故因材而笃，顺势扬长之谓也。若是，则人皆易在其擅长之域脱其颖也。

故人不可卑于己，栽者培之，倾者覆之⑤。以天生我材必成才自信自勉者，天必培之，此之谓天助自助者也；以天生我材不成才自卑自倾者，天必覆之，此之谓天弃自弃者也。人皆可为人杰，其域相殊而已。因其材而笃信之，自知之明也；因其材而笃行之，自成之道也。因其材而笃培之，因材施教之术也；因其材而笃育之，因势利导之法也。

物有其天然，原生之态荒于野，必也成器而用之。玮石珍贵亦为璞⑥，精雕细琢始为玉；赤铁稀有还为矿⑦，开凿冶炼方成钢。或有怨曰："材贱无用不成器。"其言之谬，其害亦深。天齐万物而均之，须知天下无废材。故怨其材不成其器者，非材之罪，自废之也。蜀有颛顼⑧帝都荥经⑨，以砂器⑩盛名，其材质不过黏土灰煤，经千度高温之淬炼，其品珍为非遗。故材无贵贱，因材而笃，淬炼成器，皆堪大用。

人有其禀赋，天赋之资蒙于心，必也开智而启蒙。若禀赋之未开，人何以成其才？今芸芸众生，天资聪慧者众，然庸其一生而不知其故。不能开智而尽禀赋之美，不亦惜乎！故欲无憾于今生者，必以凿磨淬炼之功夫，顺己禀赋，开己潜能，以笃而不弃必成大器之意志，因己之材而成其才。有成才之愿，而有教育之兴。教育者，顺人成才之愿而辅之也，以百科之缤纷，因其禀赋之美，助人以多元发展；以术业之专攻，因其禀赋之强，助人成专业之才。若物之成器于淬炼，人之成才亦然。

因材而笃，天生我材必成才。

淬炼成器，成才不负今生材。

注释

① 本文系四川省雅安市荥经实验学校校训赋文。

② 亿兆：万万曰亿，万亿曰兆，故"亿兆"言指数量之多，常用作指广大民众。出自《尚书·周书·泰誓中》："受有亿兆夷人，离心离德。"（受：指商纣王。这个句话的意思是说，商纣王虽然有亿万臣民，但却离心离德。）

③ 轩轾(xuān zhì)：指中国古代的车，车顶前高后低的车为"轩"，前低后高的车为"轾"，喻指高低优劣。出自《诗经·小雅·六月》："戎车既安，如轾如轩。"不分轩轾：不分高低与优劣。

④ "因材而笃"语出《中庸》："天之生物，必因其材而笃焉。故栽者培之，倾者覆之。"

⑤ 栽者培之，倾者覆之：参见注释④。

⑥ 玮：美玉名。"玮"来源于战国时期"和氏璧"的故事。《韩非子·和氏篇》中载：春秋时，楚人卞和得璞于荆山，奉献楚厉王。厉王以为石，刖其左足。武王即位，和复献之，王以为诳，刖其右足。后文王即位，和抱璞泣于荆山，泪尽而继之以血。王见状，使人问其故。和答曰："吾非悲刖也，悲夫宝玉而题之以石，贞士而名之为诳，此吾所以悲也！"王命匠剖之，果得宝玉，名为"和氏之璧"。因感其忠，悯其刑，封和为零阳侯，和辞而不就。和氏璧刚开挖出来时的名称就叫"玮"，此后人们就将没有经过加工的美玉的原石称作"玮"。

⑦ 赤铁：即赤铁矿。赤铁矿和磁铁矿都是炼钢的主要原材料。

⑧ 颛顼（zhuān xū）：姬姓，高阳氏。黄帝之孙，黄帝次子昌意之子。颛顼与黄帝、帝喾、唐尧、虞舜并称"五帝"，是中华民族的人文始祖之一。

⑨ 荥经：古蜀国严道县，今四川省雅安市荥经县，位于四川盆地西部边缘，处雅安市腹地，东北接雅安市雨城区，东南邻洪雅县，西南连汉源县，西交泸定县，北靠天全县。

⑩ 砂器：四川省荥经县特产，中国国家地理标志产品。荥经砂器有着两千多年的烧制历史，与江苏"宜兴紫砂"齐名。荥经砂器以"荥经砂锅"闻名，是以本地盛产的一种黏土和煤灰，经过1000℃以上的高温烧制而成。荥经砂

器质地古朴，抗腐蚀、耐酸碱，不起化学反应，储存食物不易变质，能保持食物营养成分和食鲜味美，因此广受赞誉，经久不衰。2008 年，荥经黑砂手工制作技艺被列入国家非物质文化遗产。

译文

天生万物，各有其质；人虽亿兆，各有其资。资者，禀赋者也。人受命于天，禀其赋于父母之体，其资相异而各在其域，不分轩轾，不可同而较之。人欲成其才，必因其材而笃焉。《中庸》开篇言曰："天命之谓性，率性之谓道，修道之谓教。"故人皆有其天命之材，谓之性；率性者，因袭己之材而自笃之，成己之道也；修道者，因袭人之材而助笃之，教之道也。故因材而笃，顺势扬长之谓也。若是，则人皆易在其擅长之域脱其颖也。

自然衍生的万物各有其特质，人虽有万亿之众，但每个人也都有每个人不同的资质。这个资质就是我们每个人来到这个世界上所秉承的天赋。同天地万物一样，人也是自然之子，每个人的禀赋都与自己父母的基因有关，因此每个人的天赋都是不一样的，且在不同的领域各有各的优势，是无法区分孰高孰低、孰优孰劣的，也是不能等同地进行比较的。人如果想要让自己成为一个有用之才，最好的办法就是顺应自己的禀赋笃定不懈地去努力。儒家经典《中庸》在开篇的第一句话就说："人生下来天然所赋予的就是我们的秉性，顺应自己的秉性优势去发展是人生成长的正道，遵循正道去修为、去顺势扬长地挖掘人的各种潜在能力就是教育要下的功夫。"所以，每个人都具有与生俱来的特质，我们将之称为秉性（秉性中所具有的天赋就是人的禀赋）；所谓"率性"就是要因袭自己的天赋秉性笃定不懈地去努力，这是成就自我的方法；所谓"修道"就是要因袭人们的天赋秉性顺势扬长地去帮助人们成长、发展，这是教育需要遵循的方法。因此，"因材而笃"的意思，就是说我们要善于顺应每个人自身的秉性，顺势而为、扬长避短地去作为。若我们能真正笃定地坚持这样做，那么，任何人都能够在自己擅长的领域脱颖而出。

故人不可卑于己，栽者培之，倾者覆之。以天生我材必成才自信自勉者，天必培之，此之谓天助自助者也；以天生我材不成才自卑自倾者，天必覆之，此之谓天弃自弃者也。人皆可为人杰，其域相殊而已。因其材而笃信之，自知之明也；因其材而笃行之，自成之道也。因其材而笃培之，因材施教之术也；因其材而笃育之，因势利导之法也。

（既然每个人都有其禀赋）所以任何人都不能以己自卑，要知道只要我们顺应自己的禀赋去不懈努力，就一定能够得到很好的成长和发展，而放弃这样的禀赋，就一定会遭遇挫折和失败。有天生我材必成才的自信，且以此自勉的人，自然会获得很好的成长，这就是人们常说的"上天都会帮助那些自我努力的人"；认为自己天生就是废材，自卑自弃的人注定成不了才，自然会被淘汰，这就是人们常说的"上天舍弃的一定是自我放弃的人"。每个人都可以让自己变得非常优秀，只是表现在不同的领域而已。（对于自我而言）知道自己的禀赋并有自信的人，是对自我非常了解的人；若还能因袭自己的禀赋而笃行不怠，则是成就自我的方法了。（对于教育而言）能够根据不同的人的禀赋差异有针对性地加以引导和培养，就是因材施教的方法；能够根据不同的人的禀赋差异顺势扬长地进行培育和成就，这是因势利导的方法。

物有其天然，原生之态荒于野，必也成器而用之。玮石珍贵亦为璞，精雕细琢始为玉；赤铁稀有还为矿，开凿冶炼方成钢。或有怨曰："材贱无用不成器。"其言之谬，其害亦深。天齐万物而均之，须知天下无废材。故怨其材不成其器者，非材之罪，自废之也。蜀有颛顼帝都荥经，以砂器盛名，其材质不过黏土灰煤，经千度高温之淬炼，其品珍为非遗。故材无贵贱、因材而笃、淬炼成器，皆堪大用。

万物源于天然，故必有其天然之貌，若不能因袭其质将之铸造成有用之器，那它必以其原生之态荒弃于旷野之中。就如玮石虽然珍贵不过就是一块璞玉一样，只有经过精心雕琢打磨，它才能成为一块美玉；就像赤铁矿虽然稀有但还是矿石一样，只有经过开凿冶炼才能成为真正的钢材。也许会有人抱怨说："我生下来的材质禀赋就很差，是完全不可能成为有用之才的。"话如果这样讲，不仅是极其错误的，而且还有极大的害处。要知道大自然创造万物都是非常公平的，它让万物都各有其秉性特质而达到一种均衡，因此，天下其实是没有废材的。所以，抱怨自身的材质禀赋很差而认为自己不可能成器的人，其实并非其材质禀赋的问题，而是自己废弃了自己。四川有一个荥经县，它是被称为"五帝"之一颛顼的故乡，自古以来，荥经县都以盛产砂器闻名于世，而制作砂器的原材料不过就是黏土和灰煤，砂器经过1000℃以上的高温烧制而成，其珍贵的工艺品质被列入国家非物质文化遗产。所以，就每个人的禀赋而言，其实是没有高低之分的，只要我们笃定地顺应自身的禀赋去努力，通过万般淬炼，就一定能够让自己成为能堪大用的优秀人才。

人有其禀赋，天赋之资蒙于心，必也开智而启蒙。若禀赋之未开，人何以成其才？今芸芸众生，天资聪慧者众，然庸其一生而不知其故。不能开智而尽禀赋之美，不亦惜乎！故欲无憾于今生者，必以凿磨淬炼之功夫，顺己禀赋，开己潜能，以笃而不弃必成大器之意志，因己之材而成其才。有成才之愿，而有教育之兴。教育者，顺人成才之愿而辅之也，以百科之缤纷，因其禀赋之美，助人以多元发展；以术业之专攻，因其禀赋之强，助人成专业之才。若物之成器于淬炼，人之成才亦然。

每个人都有自己的禀赋，但人的禀赋最初都处于一种蒙昧状态，需要通过后天的启蒙才能够真正地发挥出来。人的禀赋如果不能通过后天的努力将之开发出来，任何人都是不可能成才的。在芸芸众生中，天资聪慧的人其实很多，但这样的人很多都平庸一生却不知道其中的缘由。一个人的禀赋再好，若不能通过开智启蒙而让自己的天赋得以发挥，的确是件令人十分惋惜的事情。所以，一个人若想要让自己的今生没有遗憾，必须尽自己琢磨淬炼的功夫，顺着自己的禀赋，努力地去开发自己的潜能，以笃行不弃必成大器的坚韧意志，因袭自己的禀赋而让自己成为有用之才。人们有了成才的愿望，教育事业就兴盛了起来。所谓教育，就是要顺乎人们的成才愿望而去辅助他们，以广博丰富的百科知识，去契合不同个体的禀赋，帮助人们实现在不同的领域多元发展；不同学科专业有专攻，才能契合不同个体的禀赋，帮助人们在其擅长的领域成为专业人才。就像万物成器都要经过千般淬炼一样，人要成才也必须要经历这样的淬炼过程。

因材而笃，天生我材必成才。

淬炼成器，成才不负今生材。

因袭自己的材质禀赋去不懈地努力吧，相信自己的禀赋一定能够让自己成为有用之才。

让自己在百般的淬炼中去锻造成器吧，成就自己，才能不枉费、不辜负天赋予的禀赋。

旭日朝晖　蓬勃向上

旭日朝晖　蓬勃向上①

旭日始旦②，朝晖灿烂。少年芳华，青春盎然，于一生之成长，其龄恰似旭日之东升；于一生之辉煌，其光正如朝晖之初显。常言道：少年若旭日，其华似朝晖。故少年者，东方之旭日也，积聚光和热，蓄势冉冉升；故少年者，枫林之朝晖也③，积蓄潜与能，光芒徐徐来。少年明其喻，知其理，而晓年少之所为。于是时也，光阴如金不可弃，厚积生命之能而薄发，待到骄阳烈烈时，如日中天照四方；于其时也，岁月易逝不虚度，含弘天地之熹而光大④，且看彩霞红满天，光泽大地暖人间。自古英雄出少年，慷慨各努力⑤！

一日之计在于晨，一年之计在于春，一生之计在少年。沐阳光，浴朝晖，万物复苏；根沃土，润雨露，气象万千。迎得清新扑面来，无限生机向阳开，故逢朝气则必有蓬勃焉！万物皆若是，少年何所为？可乘朝阳追光去？可御朝气自振作？青春在我，少年当自知；芳华正茂，少年当自强。旭日朝晖好时光，光阴贵如金，切不可，自萎靡，荒了岁月，空悲切！蓬勃向上志昂扬，神采正飞扬，激扬青春，怒放生命，聊发少年狂⑥，也无妨！青春之姿态，少年之模样，若是！若是！

忆往昔，甚感怀！枫香林中，晨曦初露，新芽破土，"万中"方兴⑦；岁月变迁，几经风雨，师生同勉，共度时艰；与时偕行⑧，生生不息，精神文脉，代代相承。

看今朝，多豪迈！青春学子，意气风发；少年学府，朝气蓬勃。古有圣贤得天下英才而教之⑨，不亦乐乎！今有学府聚少年学子于一堂，也亦幸哉！

青青子衿，悠悠我心⑩；岁月芳菲，不负韶华。

注释

① 本文系重庆市第一〇四中学校的校训赋文。

② "旭日始旦"出自《诗经·邶风·匏有苦叶》："雍雍鸣雁，旭日始旦。"

③ 枫林之朝晖也：重庆市第一〇四中学校 1960 年建校时，校址位于重庆万盛老街傅家祠堂后的一片枫香林中，故此言。

④ 含弘天地之熹而光大：包容吸纳天地之光明，并使之发扬光大。含弘光大：包容接收并发扬光大。出自《周易·坤》："《象》曰：至哉坤元，万物资生……含弘光大，品物咸亨。" 熹：光明。

⑤ 慷慨各努力：借引魏晋阮籍《咏怀》。"生命几何时，慷慨各努力。"

⑥ 聊发少年狂：借引自宋苏轼《江城子·密州出猎》。"老夫聊发少年狂，左牵黄，右擎苍，锦帽貂裘，千骑卷平冈。"

⑦ 万中：重庆市第一〇四中学校建校最早的校名是"四川省重庆市万盛初级中学"，简称"万中"。学校校名后来虽两度更名，但万盛的老百姓还是习惯地将学校称之为"万中"。

⑧ "与时偕行"：出自《周易·损》。"损益盈虚，与时偕行。"

⑨ 古有圣贤得天下英才而教之：此"圣贤"指孟子。孟子曾说："君子有三乐，而王天下不与存焉。父母俱存，兄弟无故，一乐也。仰不愧于天，俯不怍于人，二乐也。得天下英才而教育之，三乐也。"

⑩ "青青子衿，悠悠我心"：出自《诗经·郑风·子衿》。子衿：周代读书人的服装；子，第二人称代词，"你"；衿，衣领。后人常用"青青子衿"代指青年学生。

译文

旭日始旦，朝晖灿烂。少年芳华，青春盎然，于一生之成长，其龄恰似旭日之东升；于一生之辉煌，其光正如朝晖之初显。常言道：少年若旭日，其华似朝晖。故少年者，东方之旭日也，积聚光和热，蓄势冉冉升；故少年者，枫林之朝晖也，积蓄潜与能，光芒徐徐来。少年明其喻，知其理，而晓年少之所为。于是时也，光阴如金不可弃，厚积生命之能而薄发，待到骄阳烈烈时，如日中天照四方；于其时也，岁月易逝不虚度，含弘天地之熹而光大，且看彩霞红满天，光泽大地暖人间。自古英雄出少年，慷慨各努力！

太阳刚刚升起来，其光芒在清晨显得格外的灿烂。青少年正值芳华的年龄，在他们身上洋溢着生机勃勃的青春气息。对于我们一生的成长而言，芳华的年龄就犹如早晨初升的太阳；对于我们一生所成就的辉煌事业而言，青春的光芒就犹如那晨曦初显（已经开始崭露头角）。正如人们常说的那样：青少年就是早晨初升的太阳，在他们身上绽放出来的光彩就是那清晨的光辉。所以，青少年就应像那初升的太阳一样，在努力地积聚光和热中，蓄势而发冉冉而升；青少年就应像那撒在枫林中的晨曦一样，在努力地积蓄自身的潜力和能量中，渐渐地释放出自己的光芒。如果每一个青少年都能明白这个比喻的蕴意，知晓其中所蕴含的道理，那他们就一定知道在这个风华正茂的年纪里自己应该做些什么。在这段宝贵的生命时光里，光阴就如黄金般的珍贵，是千万不可浪费的，一定要厚积自己生命的能量并让它慢慢地释放，就像那太阳直到中午才以其炽热的光芒照耀四方；在这段宝贵的生命时光里，虽然岁月很容易逝去但千万不要虚度，要一直努力地吸纳天地之间的各种光亮，不断积蓄自我的能量，并期待有朝一日能够将之全力发挥。就像那太阳，只有在阳光四射彩霞满天的时候，才能用自己的光芒去普照大地，用自己的光辉去温暖人间。自古以来在少年之中都是英雄辈出的，希望大家不要吝啬自己的付出去努力奋斗吧！

一日之计在于晨，一年之计在于春，一生之计在少年。沐阳光，浴朝晖，万物复苏；根沃土，润雨露，气象万千。迎得清新扑面来，无限生机向阳开，故逢朝气则必有蓬勃焉！万物皆若是，少年何所为？可乘朝阳追光去？可御朝气自振作？青春在我，少年当自知；芳华正茂，少年当自强。旭日朝晖好时光，光阴贵如金，切不可、自萎靡，荒了岁月，空悲切！蓬勃向上志昂扬、神采正飞扬、激扬青春、怒放生命，聊发少年狂，也无妨！青春之姿态，少年之模样，若是！若是！

一天之中最宝贵的时光在早晨，一年之中最宝贵的时光在春天，一生之中最宝贵的时光在少年。清晨，沐浴阳光，朝晖融融，万物开始从沉睡中醒来；各种花草树木植根于沃土，在雨露的滋润下，开始展现出生命活力，气象万千。呼吸着清晨扑面而来的清新空气，大地上所有的生命都面朝太阳舒展出盎然生机，由此可见，（所有的生命）一旦嗅到清晨清新的气息，都会抖擞精神蓬勃兴旺起来。所有的生命都是这样，而正处于如旭日朝晖般时期的青少年，又应该展现出怎样的状态呢？能否也让自己乘着早上的阳光去追寻属于自己的光芒？可否也让自己趁着早晨清新的气息抖擞精神振作起来？青春在于自己，每一个青少年都应该有这样的意识；在这个风华正茂的年龄，每一个青少年都应该要学会自立自强。在这个旭日朝晖的青春岁月里，光阴真的比黄金还要珍贵，每一个青少年切不可以自我萎靡，荒废了岁月，到头来只剩下悲痛后悔！青少年就应该以蓬勃向上的姿态，昂扬的斗志，飞扬的神采，去激扬青春、怒放生命，即使狂妄地抒发一下自己的雄心壮志，也没有什么关系！青春的姿态，少年的模样，就是这样的呀！就是这样的呀！

忆往昔，甚感怀！枫香林中、晨曦初露、新芽破土，"万中"方兴；岁月变迁、几经风雨、师生同勉、共度时艰；与时偕行、生生不息，精神文脉、代代相承。

今天追忆往昔，内心甚为感慨！当年在万盛老街傅家祠堂后的那片枫香林中，就像那晨曦初露 新芽破土一般，我们创办了我们的"万中"；后来随着岁月的变迁，学校发展几经风雨，然而全校师生始终相互勉励，从不言弃，共同度过了那段艰难的时光；今天学校的发展与时俱进，在生生不息的生命律动中，我们赓续着当年"万中"的精神文脉，在代代相承中去创造学校无限美好的未来。

看今朝，多豪迈！青春学子，意气风发；少年学府，朝气蓬勃。古有圣贤得天下英才而教之，不亦乐乎！今有学府聚少年学子于一堂，也亦幸哉！

看今天学校的发展，我们激情豪迈！校园的青春学子，个个意气风发；我们的少年学府，是这样的朝气蓬勃。先贤曾感慨能得天下英才而教之，不亦乐乎！今天我们的学校能够聚集这么多的少年学子于一堂，也是一件极大的幸事啊！

青青子衿，悠悠我心；岁月芳菲，不负韶华。

校园里洋溢着青春气息的少年学子们，总是这样地牵动着我的心，希望他们在芳菲的岁月中，不辜负自己的美好年华。

观山见湖　有美必臻

观山见湖　有美必臻①

观山见湖凌云间，山峰巍峨水茫茫。
水浸碧天天似水②，湖光粼粼映红日。
接水低翔花间鸟，卑伏潜行林中兽。
蜂鸣蝶飞鱼跃水，云行雨至树遮阴。
奇峰高耸入云端，嘉卉遍野舞翩跹。
星月相映夜空灵，天地相接手指尖。
落果无踪去无迹，天籁无声自幽寂。
蓬莱原是人间境，璇霄丹阙山水间③。

天地美景不胜收，寻常风光怎堪见？
心怀逸兴壮思飞，欲观山色见湖光。
山川悠远多辽阔，意欲凌风更飞扬。
不畏山高路多艰，何惧巉岩不可攀④。
有志必得心中愿，有美必臻脚下路。
欲揽胜景须穷尽，半途而返未知数。
望之畅然山之巅，心旷神怡云海间。
观山观水知天下，见志见行致广大。

注释

① 本文系贵州省西南大学贵阳实验学校校训赋文。

② 水浸碧天天似水：出自北宋词人米芾的《蝶恋花·海岱楼玩月作》。文中有句："千古涟漪清绝地，海岱楼高，下瞰秦淮尾。水浸碧天天似水，广寒宫阙人间世。"

③ 璇霄丹阙：指仙境。出自宋·洪迈《夷坚志补·礼斗僧》："吾比者夜礼北斗，若有感遇，今神识所游，盖钧天紫府中，至所受用，乃天浆甘露，其去璇霄丹阙不远矣。"

④ 何惧巉岩不可攀：改写自唐代李白的《蜀道难》。其文中有："问君西游何时还？畏途巉岩不可攀。"

译文

观山见湖凌云间，山峰巍峨水茫茫。

在高入云层的地方去观看山色湖光，只见巍峨的山峰和白茫茫的湖水。

水浸碧天天似水，湖光粼粼映红日。

在天水相接水浸天，天水一色天似水的美景中，那红彤彤的太阳映照在波光粼粼的湖面上。

接水低翔花间鸟，卑伏潜行林中兽。

只见那鸟儿贴着水面低低地从花丛中飞进飞出；只见那野兽正低伏着身潜行在密林之中捕食猎物。

蜂鸣蝶飞鱼跃水，云行雨至树遮阴。

只听见那蜂儿嗡嗡飞鸣，只看见那蝶儿翩翩飞舞，还有那鱼儿偶尔从水面腾跃而出。山上的气候也是变化莫定，一片密云飘过，一阵雨儿落下，但大树下时刻都是遮阴的好地方。

奇峰高耸入云端，嘉卉遍野舞翩跹。

一座座千奇百怪的山峰直插云端，漫山遍野的山花儿正绚烂地开放，跟随着那阵阵山风轻盈地翩翩起舞。

星月相映夜空灵，天地相接手指尖。

夜幕山色通透空灵，万籁俱寂，静谧的夜空中星星与月亮交相辉映，天与地的距离似乎变得很近很近，仿佛只需要伸出一根手指就能将天地连接。

落果无踪去无迹，天籁无声自幽寂。

熟透了的果子从树上掉落下来滚进那密匝匝的草丛之中瞬间就没有了踪迹，大自然像睡着了一样没有了任何声响，静悄悄的山间野林沉浸在无比幽深寂静的夜色之中。

蓬莱原是人间境，璇霄丹阙山水间。

原来一直以为蓬莱是遥不可及的仙境，如今看到这样的美景才知道原来仙境就在人间，传说中的璇霄丹阙其实就深藏在这美丽如画的山水之间（只是很多人畏惧山高路远未曾前来涉足见观，便以为这样的胜景之地是神仙居住的地方）。

天地美景不胜收，寻常风光怎堪见？

在浩瀚的天地之间有千姿百态美到极致仍不胜收的景致，这些景致哪里是我们轻易就可以涉足观瞻的寻常风光可以比拟得了的呢？

心怀逸兴壮思飞，欲观山色见湖光。

一想到这里我的兴致就被激发了出来，思绪飞扬地想着自己一定要亲自去看看这样的山色湖光，去亲身体验一下这样的人间仙境。

山川悠远多辽阔，意欲凌风更飞扬。

看那悠远的山川是多么的辽阔啊！而我内心那强烈的愿望仿佛正迎着那凌厉的山风以更加飞扬的姿态去跨越这辽阔的山川，奔向自己心中那魂牵梦绕的地方。

不畏山高路多艰，何惧巉岩不可攀。

从此我不再畏惧山有多高，路途有多艰难，不再惧怕高峻的山岩是不是险不可攀。

有志必得心中愿，有美必臻脚下路。

对自己心中的愿望有志在必得的决心和信心，坚持自己对美好愿望的追求就是要坚定自信地走好自己脚下的路。

欲揽胜景须穷尽，半途而返未知数。

想要将自己向往的美景全部揽纳不留遗憾，就必须穷尽自己到达所有地方，如果半途而返你将永远无法体验那美到极致的感受是怎样的一种境界。

望之畅然山之巅，心旷神怡云海间。

站在那高高的山巅极目环望，顿感心胸无比开阔畅快，在云海之间这种心旷神怡的感觉真让自己有了如临仙境一般的感受。

观山观水知天下，见志见行致广大。

我们岂止仅仅是在观览山水美景啊！我们是在千山万水中行走天下，是在万水千山中见知天下！天下如此广阔，唯有我们心中有愿并见志于行，才能在这广阔的天地之中成就自己无比广阔而宏大的人生。

培风图南　自强不息

培风图南　自强不息①

题记：蜀南长宁，有乡贤梁正麟②，忧乡梓之贫，叹民志未开，于民国三十四年兴教而设培风中学③。学堂以"培风"命名④，已诚见其用心。梁叔子有言："天下事，皆须以民为本。民之本也，在立民志。"⑤为承继先贤之志，光大培风精神，特立此训赋，以励后生。

斥鴳戏于林⑥，鲲鹏翔而过之，其背若泰山，其翼若垂天之云。斥鴳愠之曰："彼蔽吾之阳，何为也？奚适也？"鲲鹏曰："图南。"言而不顾，转瞬即逝。斥鴳讥而笑曰："自寻其疲，何苦也哉！我腾跃而上，数仞而下，翱翔蓬蒿，不亦乐乎！饱腹黍粟⑦，何以忧乎？"

燕雀焉知鸿鹄，斥鴳不解鲲鹏，心志之别也。心志短浅者，目之所及，不过视域；心之所求，不逾眼界。目明心盲，自以为是。有若斥鴳，数仞之跃自诩翱翔，较之鲲鹏扶摇直上九万里，绝云气，负青天，御六气⑧，以游于无穷者，不亦天壤乎？寓中之言，借物晓谕。人之欲为大器而成大事者，必也有鲲鹏培风图南之志哉！天下凡成大器者，不苟安于蓬蒿之乐，以培风图南之志，矢志不渝，振振其羽以翔其高，于苍穹九天，放眼天下；天下凡成大事者，不苟且于黍粟之食，以培风图南之志，日进无疆，振振其羽以致其远，于江山万里，磅礴万物。故心志高远者，不负生命之精气，激发生命之潜能，达己之所能达，极己之所能及，心驰于无穷之境，神必往而助之，心神合一，锲而不舍，大功必成！

见鲲鹏翔于苍穹之上，斥鴳曾有惑而问焉："苍，茫茫而虚，汝翔可有凭靠乎？"鲲鹏曰："极乎苍穹有凛凛烈风，可培风而上。"斥鴳悚然曰："吾惧烈风，倾我巢，破我卵，拂我于墙而坠于地。"战栗其翅，仓皇而去。

船帆乘风破浪，鸟翼御风绝尘。风也者，神力之助也。然斥鴳何以惧之？其羽翼不可胜之矣！羽不丰者，风必拂之；翼不健者，其培风也无力。若是也，则心有图南之志，亦不过坐地观天，翘首南面而已矣。故欲腾之于云霓之端，搏击苍穹，鸣嗷九天，必先丰满其羽翼，强健其筋骨，自强不息而后可以迎风；欲翔之于四海之滨，健行于天，纵横天下，必先奋飞于绝崖，舍身于绝地，自强不息而后可以培风。迎风而来，培风而去，以强健之翅御强劲之风，借风力而翔，乘风势而上。烈风弥盛，举之逾高；烈风弥急，翔之逾远。其雄健之姿，高扬之态，斥鷃之辈岂可企及之？天降大任于斯人也，汝或有疑乎？故能见志于行，自强不息者，大功必成！

大志荡荡于胸，浩之湃之；展翅翼翼其飞，翱之翔之。愿吾培风学子以图南之志，自强不息，培成风气兴我乡邦，振我中华！⑨

注释

① 本文系四川省长宁县培风中学校训赋文。"培风图南"出自《庄子·逍遥游》："鹏之徙于南冥也，水击三千里，抟扶摇而上者九万里……故九万里则风斯在下矣，而后乃今培风；背负青天而莫之夭阏者，而后乃今将图南。""图南"即所谓南飞，南征，后遂以"培风图南"比喻人的志向远大。本文按《庄子·逍遥游》的体裁创作而成，系寓言体赋文。

② 梁正麟：字叔子，号瑞之，四川长宁县人。清光绪二十三年（1897年）应试中拔贡，擅长诗词文赋，工于书法，在川南、川西等名胜古迹多有他题写的诗词匾联，被誉为"清末四川名士"。曾为官广西、云南、四川等地，从政清廉，多有建树。

③ 培风中学：梁正麟于1945年变卖祖遗田地筹资兴建的一所初级中学。

④ 培风：梁正麟兴办的学堂以"培风"命名，一则是要"立民志"，"培风图南"即是要树立高远志向之意。梁正麟还将《庄子·逍遥游》中"而后乃今培风"一句书刻一匾，悬挂于学校办公室门上，以彰明其办学宗旨；二则是要"化民风"，按照梁正麟自己的提法叫作"培成风气改善我乡邦"。

⑤ "天下事，皆须以民为本……"句，引自黄开士《找回远逝的乡贤梁正麟》。

⑥ 斥鴳：即鴳雀，古书上说的一种鸟。鲲鹏是庄子笔下一种体形非常大的既是鱼，又是鸟的动物。

⑦ 黍粟：黍即谷子，谷子去壳碾出的小米称粟。

⑧ 六气：指阴、阳、晦、明、风、雨六种天气的变化。

⑨ "培风学子以图南之志……"句：取自于梁正麟为培风中学撰写的校歌歌词"培成风气改善我乡邦，四维既张国愈强"。其歌词的全文如下：中华光复后，青年责在肩头上。民权我所有，民治日辉煌，见义勇为人不让。中才陶冶，大学津梁，坚我趋向。来，来，来，学习勿彷徨，德、智、体育精神壮，培成风气改善我乡邦，四维既张国愈强。奋往高尚，努力崇明德，随时爱景光。种因得果收效良，日进无疆。

译文

题记：蜀南长宁，有乡贤梁正麟，忧乡梓之贫，叹民志未开，于民国三十四年兴教而设培风中学。学堂以"培风"命名，已诚见其用心。梁叔子有言："天下事，皆须以民为本。民之本也，在立民志。"为承继先贤之志，光大培风精神，特立此训赋，以励后生。

题记：四川南部长宁县，有一位贤达名士梁正麟，因忧虑家乡贫困落后，感慨家乡民众安于现状，缺乏远大志向，在民国三十四年（1945 年）筹资兴教设立了培风中学。学校以"培风"命名，诚见梁正麟的良苦用心。梁正麟〔字叔子〕曾说："天下的任何事情都要以民为本。而以民为本的根本在于要让民众有远大的志向。"为继承先贤遗志，将培风精神发扬光大，特立下此校训赋文，以激励广大学子。

斥鴳戏于林，鲲鹏翔而过之，其背若泰山，其翼若垂天之云。斥鴳愠之曰："彼蔽吾之阳，何为也？奚适也？"鲲鹏曰："图南。"言而不顾，转瞬即逝。斥鴳讥而笑曰："自寻其疲，何苦也哉！我腾跃而上，数仞而下，翱翔蓬蒿，不亦乐乎！饱腹黍粟，何以忧乎？"

鴳雀在丛林中嬉戏，鲲鹏从它头上翱翔而过。鲲鹏的体形非常巨大，它的背就像高耸的泰山一样，羽翼就像悬垂在天边的一整片厚厚的云彩一般。鴳雀很不高兴地说："你遮住我的太阳了，想要干什么呢？你要到哪里去吗？"鲲鹏说："我要飞去南方。"说完头也没回，一瞬间就飞得远远的。鴳雀讥笑道："简直是自寻劳顿，何苦要这样呢？你看我，扑腾着翅膀往上飞，差不多高就飞下来了，这样翱翔在蓬蒿之上，不也很快乐吗？每天捡食地上的谷子和米粒让自己吃得饱饱的，还有什么可担忧的呢？"

燕雀焉知鸿鹄，斥鴳不解鲲鹏，心志之别也。心志短浅者，目之所及，不过视域；心之所求，不逾眼界。目明心盲，自以为是。有若斥鴳，数仞之跃自诩翱翔，较之鲲鹏扶摇直上九万里，绝云气，负青天，御六气，以游于无穷者，不亦天壤乎？寓中之言，借物晓谕。人之欲为大器而成大事者，必也有鲲鹏培风图南之志哉！天下凡成大器者，不苟安于蓬蒿之乐，以培风图南之志，矢志不渝，振振其羽以翔其高，于苍穹九天，放眼天下；天下凡成大事者，不苟且于黍粟之食，以培风图南之志，日进无疆，振振其羽以致其远，于江山万里，磅礴万物。故心志高远者，不负生命之精气，激发生命之潜能，达己之所能达，极己之所能及，心驰于无穷之境，神必往而助之，心神合一，锲而不舍，大功必成！

就像燕雀难知鸿鹄的理想，鸴雀也难解鲲鹏的追求，这是内心的志向不同啊！志向短浅的人，他目光所能看到的，不过就是眼前之地；他内心所追求的，不会超过他目前的眼界。看似眼睛非常明亮，其实什么也看不见，还常常自以为是地认为自己什么都很清楚。就像那鸴雀，以为自己那数尺之高的腾跃就是在展翅翱翔了，这与那乘风直上九万里，穿越云雾，背负青天，哪怕是阴、阳、晦、明、风、雨的变化都能驾驭自如，让自己遨游于无穷之境的鲲鹏相比，难道不是天壤之别吗？寓言所阐发的，其实是借助外物来帮助我们明白其中的道理。一个人如果想要让自己成大器并干一番大事业，就必须要有鲲鹏那培风图南般的志向啊！所以，天下凡成大器者，是绝不会苟安于蓬蒿之乐的，他们会像那鲲鹏一样心怀培风图南的远大志向，矢志不渝地振展其羽翼，让自己能飞多高就飞多高，在苍穹九天之上去放眼天下；天下凡成就大事业的人，是绝不会苟且于黍粟之食的，他们会像那鲲鹏一样心怀培风图南的远大志向，每日努力前行，振展羽翼让自己能飞多远就飞多远，在江山万里的广阔天地中去认识万物。所以凡心志高远的人，一定不会辜负自己生命的精气，会不断地激发自我的潜能，努力达到自己所能够达到的高度，企及自己所能企及的远方，让自己的内心驰骋在永无止境的追求之中。若此，自我内在的精神也会被调动起来帮助自己，从而达到心神合一的境界，有了这样锲而不舍的精神，人生之功业必就！

见鲲鹏翔于苍穹之上，斥鸴曾有惑而问焉："苍，茫茫而虚，汝翔可有凭靠乎？"鲲鹏曰："极乎苍穹有凛凛烈风，可培风而上。"斥鸴悚然曰：

"吾惧烈风，倾我巢，破我卵，拂我于墙而坠于地。" 战栗其翅，仓皇而去。

看见鲲鹏翱翔于苍穹之上，鴳雀深感困惑地问道："苍穹空荡虚无，你飞得那么高有没有可以凭信的东西呢？"鲲鹏回答道："在高高的苍穹之中有凛冽的大风，我可以乘着风力扶摇而上。"鴳雀一听，害怕地说道："我特别惧怕大风，它会吹翻我的巢，打碎我生的蛋，将我吹到墙上猛烈撞击，最后坠落到地上。"说到这里，鴳雀展开自己战栗的双翅，落荒而逃。

船帆乘风破浪，鸟翼御风绝尘。风也者，神力之助也。然斥鴳何以惧之？其羽翼不可胜之矣！羽不丰者，风必拂之；翼不健者，其培风也无力。若是也，则心有图南之志，亦不过坐地观天，翘首南面而已矣。故欲腾之于云霄之端，搏击苍穹，鸣噭九天，必先丰满其羽翼，强健其筋骨，自强不息而后可以迎风；欲翔之于四海之滨，健行于天，纵横天下，必先奋飞于绝崖，舍身于绝地，自强不息而后可以培风。迎风而来，培风而去，以强健之翅御强劲之风，借风力而翔，乘风势而上。烈风弥盛，举之逾高；烈风弥急，翔之逾远。其雄健之姿，高扬之态，斥鴳之辈岂可企及之？天降大任于斯人也，汝或有疑乎？故能见志于行、自强不息者，大功必成！

船帆乘风破浪前行，鸟翼御风绝尘而去。风的力量，犹如神力相助般神奇。但为什么鴳雀却对风如此惧怕呢？大概是因为鴳雀的翅膀承受不住大风的力量吧。看来，羽翼不够丰满的，大风一定会将之吹得翻覆而失去平衡；翅膀不够强健的，是根本不可能有力气去乘风而翔的。如若这样，即使是心怀图南之志，也只能坐井观天，昂着脑袋向南张望而已。因此，如果我们想要展翅腾跃在云端之上，去搏击苍穹，声鸣于九天，则应该先让自己的羽翼丰满起来，筋骨强健起来，通过不懈努力让自己强大起来，这样才能拥有面迎烈风的力量；如果我们想要展翅翱翔在四海之滨，刚健有力地飞行于天空之上，肆意纵横四方，则应该先让自己能够适应各种险绝的环境，让自己拥有绝处逢生的能力，通过不懈努力让自己变得无比强大，这样才能拥有乘风而上的力量。既能迎风而来，又能乘风而去，依靠自己强健的翅膀去驾驭那强劲的烈风，借助风力飞翔，乘着风势向上。烈风越是强盛，自己飞得越高；烈风越是急促，自己飞得越远。其雄健的身姿，高扬的姿态，鸒雀之辈怎么可能企及呢？如果上天要将天下大任托付给他，你难道还会有疑惑吗？所以，能够将自己的远大志向见之于行动，且自强不息的人，人生之功业必就！

大志荡荡于胸，澎之湃之；展翅翼翼其飞，翱之翔之。愿吾培风学子以图南之志，自强不息，培成风气兴我乡邦，振我中华！

雄伟大志激荡胸怀，澎湃在心中；展开翅膀整翼而飞，翱翔在长空。希望培风中学的学子们能够以图南之志，自强不息，培养胸怀大志、积极向上的风气来振兴自己的家乡，振兴我泱泱中华！

天象万千

星耀其光

天象万千　星耀其光①

　　茫茫天河，星辰灿灿；童子若星，缤纷烂漫。小教蒙学，启明开光；菁菁校园，青青子衿。

　　苍穹幽幽，汇繁星而璀璨；天幕沉沉，聚星光而梦幻。九重之天无极②，有千亿星系密布其间，百态千姿，蔚然壮观。银河③辽阔，渺居其一；太阳星系，不过其子④；地球之貌，微若尘埃。天有其域，三垣相邻⑤；星布其阵，四象位列⑥；二十八宿⑦，各得其所。云行雨至，电闪雷鸣，星罗其间，繁而不乱，星星相映而成天象万千。学海无涯，若广袤星宇，孺子少年，俊采星驰⑧，汇斑斓星光成缤纷气象。

　　倬彼云汉，为章于天⑨，星澜交汇，浩瀚磅礴；长空万里，云淡星疏，星云变幻，流光溢彩。故浩荡之象，集于微粒；绚烂之彩，聚于光影。日出灿兮，自放光芒，潜能释放，熠熠生辉；月出皎兮，映日辉煌，映光之辉，亦见其明。繁星点点，星光有我；莘莘学子，华彩灼灼。开心启智，始于蒙学，激发潜能，绽放光芒。人类文明，光照若日，映光之辉，皎如明月。星光辉映如日月光华，才华尽显，璀璨夺目。

　　观乎天文，化乎人文⑩。愿吾校之子，星耀其光，灿若星辰。

注释

① 本文系重庆某小学校（该学校正在修建中）校训赋文。

② 九重之天：在中国神话传说中天共有九层，故称"九重天"。《淮南子·天文训》中说"天有九重"。数字"九"是单数中最大的，因此，在中国古代"九"常被赋予"极限"的意思。

③ 银河：整个宇宙由千亿个星系构成，银河星系仅为其一。按照形状星系可分为椭圆星系、漩涡星系和不规则星系。

④ 太阳星系：位于距银河系中心大约 2.4—2.7 万光年的位置，而银河系的恒星数量约在 1000 亿到 4000 亿颗之间，太阳只是其中之一。

⑤ 三垣：中国古代把天空里的恒星划分成为三个区域，称为"三垣"，即紫微垣、太微垣、天市垣。"垣"就是"城墙"的意思。

⑥ 四象：中国古代将星空分为"三垣四象"，在"三垣"外围分布着"四象"，即东苍龙、西白虎、南朱雀、北玄武。也就是说，东方的星象如一条龙，西方的星象如一只虎，南方的星象如一只大鸟，北方的星象如龟和蛇。由于地球围绕太阳公转，天空的星象也随着季节转换。故有"冬春之交，苍龙显现；春夏之交，朱雀升起；夏秋之交，白虎露头；秋冬之交，玄武上升"的说法。

⑦ 二十八宿：我国古代为了观测天象及日、月、五星的运行，选取二十八个区域作为观测时的标志，称为"二十八宿"。东南西北四方各七宿，东方苍龙七宿是角、亢、氐、房、心、尾、箕；南方朱雀七宿是井、鬼、柳、星、张、翼、轸；西方白虎七宿是奎、娄、胃、昴、毕、觜、参；北方玄武七宿是斗、牛、女、虚、危、室、壁。

⑧ 俊采星驰：指天下的才俊如同繁星闪耀。出自唐代王勃《滕王阁序》："雄州雾列，俊采星驰。"

⑨ "倬彼云汉，为章于天"：语出《诗经·棫朴》。倬：广大、广阔；云汉：银河；章：文章、文采，指天河星光灿烂。

⑩ "观乎天文，化乎人文"：出自《周易·贲》。"观乎天文，以察时变，观乎人文，以化成天下。"天文：天的文采，指日月星辰；时变：四时的变化；

人文：人类文明，指诗书礼乐等人类的文化成果；化成：教化培育。这句话的意思是说：观察天的文采，可以知晓四季的变化规律；观察人类文明，可以知道文明是如何化育天下的。

译文

茫茫天河，星辰灿灿；童子若星，缤纷烂漫。小教蒙学，启明开光；菁菁校园，青青子衿。

在茫茫无际的天河之中，繁星密布光辉灿烂；（我校的）孩童们就像那满天星辰，个个都是那样的光彩夺目。小学的启蒙教育，点亮了每一个孩子的星光；在充满生机的校园里，到处都是孩子们欢快活泼的身影。

苍穹幽幽，汇繁星而璀璨；天幕沉沉，聚星光而梦幻。九重之天无极，有千亿星系密布其间，百态千姿，蔚然壮观。银河辽阔，渺居其一；太阳星系，不过其子；地球之貌，微若尘埃。天有其域，三垣相邻；星布其阵，四象位列；二十八宿，各得其所。云行雨至，电闪雷鸣，星罗其间，繁而不乱，星星相映而成天象万千。学海无涯，若广袤星宇，孺子少年，俊采星驰，汇斑斓星光成缤纷气象。

幽深的苍穹，因为汇聚了颗颗繁星而璀璨；沉寂的天空，因为聚合了点点星光而梦幻。在无边无际的九重之天中，有千亿个星系密布其间，真可谓百态千姿，蔚然壮观。银河系虽然辽阔，但在浩瀚的星云中也不过是非常渺小的星系之一；太阳系，也不过是银河系中一个很小很小的组成部分而已；看似浩大的地球，在宇宙之中微小得就像一粒尘埃一样。在天空中有紫微垣、太微垣、天市垣三个毗邻的区域；在繁星密布的星阵中，构成了东苍龙、西白虎、南朱雀、北玄武位列非常清晰的四个动物形象；在东南西北四方各有七宿共二十八个星宿各在其位。云行雨至，电闪雷鸣，各种星辰陈列其间，繁多而不杂乱，星光交相辉映形成了绚丽多彩、变化万千的美丽天象。学海无涯就像那广袤的星宇，（我校的）孩子们，个个才俊出众如同繁星闪耀，才有了这（校园里）色彩斑斓的缤纷气象。

倬彼云汉，为章于天，星澜交汇，浩瀚磅礴；长空万里，云淡星疏，星云变幻，流光溢彩。故浩荡之象，集于微粒；绚烂之彩，聚于光影。日出灿兮，自放光芒，潜能释放，熠熠生辉；月出皎兮，映日辉煌，映光之辉，亦见其明。繁星点点，星光有我；莘莘学子，华彩灼灼。开心启智，始于蒙学，激发潜能，绽放光芒。人类文明，光照若日，映光之辉，皎如明月。星光辉映如日月光华，才华尽显，璀璨夺目。

在那广阔的银河中，繁星点缀构成了一幅美丽图画，星光交汇璀璨夺目，形成了浩瀚磅礴的星宇图景。（而在我们肉眼可见的）万里长空中，云雾淡淡，星光稀疏，星云之间变化无穷，云雾在星光的映衬下变换着色彩，星云辉映装点着流光溢彩的夜空。可见，宇宙中浩荡磅礴的景象，其实是靠聚集微粒般的星辰形成的；天空中绚丽变幻的色彩，其实是靠聚合绚烂星云的光影形成的。太阳放射出灿烂的阳光，释放着自我无限的潜能，让自己在银河系中熠熠生辉；月亮散发出的皎洁月光，是太阳照在月球上所形成的反光，月亮这映日的光辉，同样的明亮。（所以一定要相信）在这点点星辰中，也闪耀着我的星光；每一个莘莘学子，都是华光溢彩绚丽无比的。孩子们心智的开启，始于幼时的启蒙教育，通过不断激发潜能，每个孩子最终都会绽放出自身的光芒。千万年人类文明就像那太阳的光芒，让我们通过接受文明的洗礼，身上也闪耀着如明月般皎洁的光辉。每个孩子身上的光芒犹如这日月的光华交相辉映，展示着他们与众不同的才华，焕发出璀璨夺目的光彩。

观乎天文，化乎人文。愿吾校之子，星耀其光，灿若星辰。

观天宇星空的文采，察人类文明的变迁。希望我校的孩子们都能星耀其光，灿若星辰。

仁者爱人　为仁由己

仁者爱人　为仁由己①

师训者，乃为师之誓言也。师训为校之所倡，其旨在明为师之道，塑为师之德，成为师之境也！

吾校师训之所倡——仁者爱人，为仁由己②。八字而已，言简意赅。然其意深邃，须用心悟之，方能深解其中之意，而得为师之达理也。

凡为师者，爱为第一要义，无爱便无教育。常言道"一日为师，终身为父"。③此言换而言之，当是训导天下之为师者，应爱生如子，视同己出，方可谓之良师。孔子曰："三人行，必有我师焉。"④师生之间，教学相长，互启互发，同勉共进，师者亦弟子之益友也。故善师之道者，必有仁者之心，必有爱人之情，师者仁者，仁者爱人。今吾为人师，责之切，无怨无悔；任之重，义无反顾。为师之理，师道之法，吾定当以精诚之心悟之，以兼善之心待之，以仁者之心行之矣。

师之道，行可难？路可艰？孔子曰："为仁由己，而由人乎哉？"故仁之行，仁之言，皆由己也，此之谓"人能弘道，非道弘人"⑤。人欲为仁，必自修其心，自养其德，方可至善也；师欲为仁，必自明其理，自循其道，方可至善也。故今吾为人师，必修身养性，以德服人也；今吾为人师，必仁爱弟子，以情感人也；今吾为人师，必精术勤业，以学问服人也。人生百年，立身天地，瞬息而已。然则吾既为人师，自当善师之谓，不辱师尊；自当立师之志，不辱使命！

注释

① 本文系西南大学基础教育集团化办学师训赋。

② 仁者爱人：出自《孟子·离娄下》。意思是：仁者是充满慈爱之心的人。其原文为："君子所以异于人者，以其存心也。君子以仁存心，以礼存心。仁者爱人，有礼者敬人。爱人者，人恒爱之；敬人者，人恒敬之。"为仁由己：出自《论语·颜渊》。意思是：一个人对道德的追求是完全取决于自己的。其原文为："克己复礼为仁。一日克己复礼，天下归仁焉。为仁由己，而由人乎哉？"

③ 一日为师，终身为父：出自清代诗人罗振玉藏《鸣沙石室佚书·太公家教》。其原文为："弟子事师，敬同于父，习其道也，学其言语……一日为师，终身为父。"

④ 三人行，必有我师焉：出自《论语·述而》。其原文为："子曰：'三人行，必有我师焉！择其善者而从之，其不善者而改之。'"

⑤ 人能弘道，非道弘人：出自《论语·卫灵公》。

译文

师训者，乃为师之誓言也。师训为校之所倡，其旨在明为师之道，塑为师之德，成为师之境也！

所谓师训，就是教师从教为师的誓言。学校所倡导的师训精神，其主旨在于帮助教师明白为师之道，帮助教师塑造为师之德，成就教师教书育人的崇高境界。

吾校师训之所倡——仁者爱人，为仁由己。八字而已，言简意赅。然其意深邃，须用心悟之，方能深解其中之意，而得为师之达理也。

我校所倡导的师训是：仁者爱人，为仁由己。仅有八个字，十分言简意赅。然而这八个字的内涵却是很深刻的，须用心去感悟，才能真正地理解其中的含义，进而领悟到做教师的至理。

凡为师者，爱为第一要义，无爱便无教育。常言道"一日为师，终身为父"。此言换而言之，当是训导天下之为师者，应爱生如子，视同己出，方可谓之良师。孔子曰："三人行，必有我师焉。"师生之间，教学相长，互启互发，同勉共进，师者亦弟子之益友也。故善师之道者，必有仁者之心，必有爱人之情，师者仁者，仁者爱人。今吾为人师，责之切，无怨无悔；任之重，义无反顾。为师之理，师道之法，吾定当以精诚之心悟之，以兼善之心待之，以仁者之心行之矣。

凡是做教师的人，爱是当好教师的第一要义，可以说没有爱就没有教育。常言道："一日为师，终身为父。"这句话换一个说法，其实是在训导天下所有教师，应当爱护学生就像爱护自己的孩子一样，将学生看作是自己亲生的一般，这样的教师才是好老师。孔子说："三人之中一定有自己的老师。"因此，师生之间，教与学相互促进，相互启发，共同勉励，共同进步，教师从某种意义上讲也是学生的好朋友。所以，善于教书育人的教师，一定有仁者的心胸、有仁爱的情怀，教师就是仁者，而仁者一定是充满慈爱的。现在我自己也成为一名人民教师，我感到自己肩上的责任是如此重大，但我依然无怨无悔；我感到自己所肩负的任务是如此重要，但我对自己的选择依然是义无反顾。做教师的道理，做教师的法则，我一定会以精诚之心去领悟，以兼善之心去对待，以仁者之心去践行的。

师之道，行可难？路可艰？孔子曰："为仁由己，而由人乎哉？"故仁之行，仁之言，皆由己也，此之谓"人能弘道，非道弘人"。人欲为仁，必自修其心，自养其德，方可至善也；师欲为仁，必自明其理，自循其道，方可至善也。故今吾为人师，必修身养性，以德服人也；今吾为人师，必仁爱弟子，以情感人也；今吾为人师，必精术勤业，以学问服人也。人生百年，立身天地，瞬息而已。然则吾既为人师，自当善师之谓，不辱师尊；自当立师之志，不辱使命！

遵循为师之道，是不是做起来很困难呢？是不是这条道路走起来很艰难呢？孔子说："对仁的追求是完全取决于我们自己的，别人怎么可能帮上你的忙呢？"所以，追求仁的任何言行都取决于自己，这就是"是人让这些道理得以弘扬，而不是这些道理弘扬了人"。因此，一个人如果想要追求仁，他一定要先修养自己的内心，培育自我品德，才能逐渐达到至善的境界；同样的道理，一名教师如果有仁的追求，也必须首先明白做教师的基本道理，并主动自觉地去遵循，这样才能逐渐达到至善的境界。现在我自己就是一名人民教师，（我暗暗地下定决心）一定要加强自我修养，以自己良好的品德来服人；现在我自己就是一名人民教师，（我暗暗地下定决心）一定要爱护自己的学生，以自己真挚的情感来感染人；现在我自己就是一名人民教师，（我暗暗地下定决心）一定要精于专业勤于工作，以自己的真才实学来服人。人的一生，不过百年光阴，立身于天地，不过瞬息之间的事情。然而，今生既然我选择做一名教师，就一定会无愧教师这一神圣的称谓，不辱没人民教师的尊严；就一定会为自己立下作为一名教师的志向，不辱没教师职业赋予自己的神圣使命！

力行近仁　道不远人

力行近仁　道不远人[①]

学训者，乃为学之训也。学训为校之所倡，其旨在励学子之志，勉学子之行，成学子之业也。

吾校为学之所倡——力行近仁，道不远人[②]。八字而已，言简意赅。然其意深邃，须用心悟之，方能深解其中之意，而得人生之达理也。

力行近仁，语出孔子。仁者，至善之谓也。《大学》所言："大学之道，在明明德，在亲民，在止于至善。"修身、齐家、成业、治国皆在追求此至善之境。然人欲为仁，须立其志、养其德、尽其心、竭其力，方可至善也。空想而不力行，不可至善也；空言而不力行，不可至善也。故孔子勉于自己曰："我欲载之空言，不如见之于行事之深切著明也。"[③]故孔子勉于弟子曰："力行近乎仁！"今吾校以此言为学训，其旨甚明：为学须勤不惰其力，方可近仁，方可至善也！

道不远人，语出《中庸》。人生修为，靠力行而成之。然修道成德，道在何方？若道甚远，远不可及；若道甚高，高不可攀，则众人易生畏难之心，起退缩之意，废道于中途而成败业，终难进入至善之境。故道不远人者，乃在勉于天下之有志之士，勿失其志，勿丧其心，勿馁其力！道在身边，尽心即现；道在身边，尽力即成。诚如孔子所言："仁远乎哉？我欲仁，斯仁至矣！"[④]今吾校以此言为学训，其旨甚明：为学贵恒不失其志，即可近仁，即可至善也！

注释

① 本文创作于 2011 年，是作者应邀为重庆市社会科学院培训中心撰写的赋文，现该文为西南大学基础教育集团"学训赋"。

② 力行近仁：出自《中庸》。原文为："子曰：'好学近乎知，力行近乎仁，知耻近乎勇。'"道不远人：出自《中庸》。原文为："道不远人，人之为道而远人，不可以为道。"

③ "我欲载之空言……"句，出自汉·司马迁《太史公自序》。

④ "仁远乎哉？我欲仁……"句，出自《论语·述而》。

译文

学训者，乃为学之训也。学训为校之所倡，其旨在励学子之志，勉学子之行，成学子之业也。

所谓学训，就是勉励学生学习的训言。学校所倡导的学训精神，其主旨在于要激励学生立远大志向，勉励学生要勤奋学习，以此来成就学生的人生事业。

吾校为学之所倡——力行近仁，道不远人。八字而已，言简意赅。然其意深邃，须用心悟之，方能深解其中之意，而得人生之达理也。

我校为学生所倡导的学训是：力行近仁，道不远人。仅有八个字而已，十分言简意赅。然而这八个字的内涵却是很深刻的，我们须用心去领悟，才能真正地理解其中的含义，进而领悟到人生至理。

力行近仁，语出孔子。仁者，至善之谓也。《大学》所言："大学之道，在明明德，在亲民，在止于至善。"修身、齐家、成业、治国皆在追求此至善之境。然人欲为仁，须立其志、养其德、尽其心、竭其力，方可至善也。空想而不力行，不可至善也；空言而不力行，不可至善也。故孔子勉于自己曰："我欲载之空言，不如见之于行事之深切著明也。"故孔子勉于弟子曰："力行近乎仁！"今吾校以此言为学训，其旨甚明：为学须勤不惰其力，方可近仁，方可至善也！

"力行近仁"出自孔子之口。这里的"仁"是对至善的追求。《大学》中说："真正的大学问，其旨在于彰明光明德行使人们每天都有进步并不断自我日新，直至达到最完善的境界。"一个人修养身心、整治家业、成就事业、治理国家等皆在追求这样的完美境界。然而，一个人如果想要追求至善，必须先立下志向，然后不断地通过自我修养，尽心竭力地去做事，才有可能达到这个完美的境界。只是空想而不去身体力行地付诸行动，是不可能达到这个境界的；只是空谈而不去身体力行地付诸行动，也是不可能达到这个境界的。所以，孔子常常勉励自己说："我与其成天到晚讲一些空话，还不如在具体的事情中去见诸于行动，这样才会有实际的成效。"孔子也常勉励弟子们说："只有身体力行地去做事，才能让自己更加接近所追求的目标。"今天我校以"力行近仁"作为学校的学训，其意图是非常明显的，那就是希望我们学校的孩子们能够勤奋学习不要懒惰，这样才能不断接近自己的理想，实现自我对完美的境界的追求。

道不远人，语出《中庸》。人生修为，靠力行而成之。然修道成德，道在何方？若道甚远，远不可及；若道甚高，高不可攀，则众人易生畏难之心，起退缩之意，废道于中途而成败业，终难进入至善之境。故道不远人者，乃在勉于天下之有志之士，勿失其志，勿丧其心，勿馁其力！道在身边，尽心即现；道在身边，尽力即成。诚如孔子所言："仁远乎哉？我欲仁，斯仁至矣！"

"道不远人"出自《中庸》。人生的修为，要靠身体力行才能成就。然而要如愿以偿达到目的，这个"道"究竟在哪里呢？若它太远而不可及，若它太高而不可攀，那么很多人都会滋生畏难之心，而起退缩的念头，这样就极容易半途而废一事无成，最终也难以达到至善完美的境界。因此，"道不远人"就是要勉励天下的有志之士，千万不要丢失自己的志向，千万不要丧失对自己的信心，千万不要舍弃自己的努力。我们追求的理想它就在身边，只要我们尽心它就会出现；我们追求的理想就在身边，只要我们尽力就可以实现。诚如孔子所说的那样："理想离我们很远吗？只要我内心有愿，通过不断地努力就一定会实现。"

今吾校以此言为学训，其旨甚明：为学贵恒不失其志，即可近仁，即可至善也！

今天我校以这句话作为学校的学训，其用意十分明确（就是想要告诉大家）：学习贵在持之以恒，所以永远不要丢失自己的远大志向，这样就可以逐渐地、越来越近地去实现我们的目标，最终达到我们所希望的至善境界。

天泽大地 万物日新

天泽大地　万物日新①

新纪元年，天泽创设②，誉之以新，以承其时。乾坤之道，阴阳五行③。泽者，水之谓也。五行相生，水生于金；五行相胜，水胜于火④。天泽诞于庚辰之年，庚者，五行之金也，其降似有天缘⑤；天泽之业以攻火为始，后广泽众业，浩浩乎而磅礴，其成似有天意⑥。

上善若水⑦，天泽应之。水善利万物而不争，不争则莫能与之争⑧，其言之辩证，商道之至理也。会其意，而知我天泽之名；铭其志，而知我天泽所向。或有人问焉：新天泽何谓耶？曰：天泽大地，万物日新⑨。立志于斯，孜孜以求；至善于斯，心驰神往。天泽之识，见悟于逆境；天泽之机，重生于绝地⑩。故在商言商者，商之常道也；善利万物者，商之大道也；不争则莫能与之争者，商之王道也。

水无常形，天泽验之。入江河，正道而浩荡；遇山石，顺势而曲行。水因地制流，故能无所不适；事因势利导，方可无所不成。天泽见水启智，而得治商方略：守正乘势则兴，出奇顺势而昌⑪。故《兵书》有言："凡战者，以正合，以奇胜。战势不过奇正，奇正之变，不可胜穷也。"⑫势者，天然之机，不可失也；势者，必然之趋，不可违也。有其势，非必能得其势，必也有见势之智者；得其势，非必能乘其势，必也有守正之志者；乘其势，非必能顺其势，必也有奇变之术者；顺其势，非必能成其势，必也有王者之道者。故有势商者⑬，而有势值⑭；有势值者，迎于商潮之巅，立于不败之地。

新天泽之业，承天之泽，天必佑之。

新天泽之兴，事在日新，功在人为。

注释

① 本文系重庆新天泽产业控股集团有限公司（以下简称"新天泽"）的企业文化赋文。

② 新纪元年，天泽创设：新天泽成立于 2000 年，而 2000 年恰是 21 世纪的开纪元年。

③ 阴阳五行：阴阳五行学说是中国古代传统哲学思想的核心。阴阳是指世界上一切事物中都具有的两种既互相对立又互相联系的力量；五行即由"木、火、土、金、水"五种基本物质的运行和变化所构成。

④ 五行相胜，水胜于火：五行之间存在着相生相克的关系，其相生关系是：水生木，木生火，火生土，土生金，金生水；其相克关系是：水克火，火克金，金克木，木克土，土克水。在中国传统哲学观念中，阴阳变化及五行之间的相生相克是形成宇宙万物及各种自然现象变化的根源。

⑤ 其降似有天缘：2000 年是中国农历的庚辰年，在"金、木、水、火、土"的五行之中"庚"恰好属金；"泽"者"水"之谓，故新天泽诞生于 2000 年，这正好与五行相生的 "金生水"相契合。

⑥ 其成似有天意：新天泽起家于消防工程安装。消防恰与五行相克的"水胜火"相契合，所以文中称"其成似有天意"。

⑦ 上善若水：出自老子《道德经》第八章。

⑧ 水善利万物而不争，不争则莫能与之争：前句出自《道德经》第八章："上善若水，水善利万物而不争。"后句出自《道德经》第六十六章："以其不争，故天下莫能与之争。"

⑨ 天泽大地，万物日新：新天泽企业文化所倡导的核心价值观，深刻地体现了新天泽"持续创造价值，让生命更丰盛"的发展理念。

⑩ 重生于绝地：新天泽曾在 2015 年遭遇危机，企业跌入发展的低谷。

⑪ 守正乘势则兴，出奇顺势而昌：即"守正出奇"，是新天泽在商海搏击中所秉持的经营策略。

⑫ "凡战者，以正合，以奇胜……"句：出自孙武《孙子兵法·兵势篇》。

⑬ 势商：对形势、态势、趋势的分析判断与把握能力。势商高的人往往更能够得势而昌、乘势而兴、顺势而为。

⑭ 势值：借用上市公司"市值"的谐音，为"凭势而为，创造价值"之意，企业发展的"势值"，决定着企业的"市值"。

译文

新纪元年，天泽创设、誉之以新、以承其时。乾坤之道，阴阳五行。泽者，水之谓也。五行相生，水生于金；五行相胜，水胜于火。天泽诞于庚辰之年，庚者，五行之金也，其降似有天缘；天泽之业以攻火为始，后广泽众业，浩浩乎而磅礴，其成似有天意。

2000年是21世纪的开纪元年，就在这一年新天泽成立了，公司取名以"新"，就是承应新世纪到来的蕴意。天地运行的基本原理，在于阴阳五行的变化。所谓"泽"，就是"水"的意思。在五行彼此相生中，水是生于金的；在五行彼此相克中，水是能克火的。新天泽诞生在农历庚辰年，如果按五行来推算，这一年恰好属金，新天泽的注册成立，正好与五行相生的"金生水"相契合，似乎有一种天然注定的缘分；新天泽成立之初从事消防工程方面的业务，后来逐渐发展壮大才广泛涉猎其他领域，从而有了现在这样浩大的规模，这又正好与五行相克的"水克火"相契合，似乎有一种天意在其中。

上善若水，天泽应之。水善利万物而不争，不争则莫能与之争，其言之辩证，商道之至理巳。会其意，而知我天泽之名；铭其志，而知我天泽所向。或有人问焉：新天泽何谓耶？曰：天泽大地，万物日新。立志于斯，孜孜以求；至善于斯，心驰神往。天泽之识，见悟于逆境；天泽之机，重生于绝地。故在商言商者，商之常道也；善利万物者，商之大道也；不争则莫能与之争者，商之王道也。

（老子说）至善的境界就像水一样，新天泽以"水"为己命名，体现的正是追求至善的文化价值观。老子认为水虽然时时刻刻都在滋养万物，但它从来都是将自己置于居下不争的位置，正是这不争的姿态，反而使得天下万物根本就无法与之相争，蕴含在其中的辩证法，其实就是经商之道的精华所在。领会了其中的蕴意，就知道了我们"天泽"之名的由来；领悟了其中的志向，就知道了我们新天泽的价值追求。也许有人会问："新天泽"这个名字究竟蕴含着怎样的价值观呢？我们的回答是：要像甘霖滋润大地以利万物生长那样去做有益于社会发展的事情。立下这样的志向，就要孜孜不倦地去追求；有了至善的目标，就非常希望能够早一点儿实现。新天泽这样的认知，其实是在经历了过去发展中的逆境后才意识到的；新天泽的发展机遇，就是在绝境中获得的重生。所以，（我们认为）在商言商的确是经商的常理；但若能（像水一样）善利万物，才是经商的大道；若能（像水一样）达到不争而莫能与之争的境界的，就是经商的王道了。

　　水无常形，天泽验之。入江河，正道而浩荡；遇山石，顺势而曲行。水因地制流，故能无所不适；事因势利导，方可无所不成。天泽见水启智，而得治商方略：守正乘势则兴，出奇顺势而昌。故《兵书》有言："凡战者，以正合，以奇胜。战势不过奇正，奇正之变，不可胜穷也。"势者，天然之机，不可失也；势者，必然之趋，不可违也。有其势，非必能得其势，必也有见势之智者；得其势，非必能乘其势，必也有守正之志者；乘其势，非必能顺其势，必也有奇变之术者；顺其势，非必能成其势，必也有王者之道者。故有势商者，而有势值；有势值者，迎于商潮之巅，立于不败之地。

　　水没有固定的形状，新天泽的发展应验了这个道理。当水融入江河之中，它就在大江大河的主道上浩荡前行；当水遭遇山石的阻碍时，它也能够顺应地势迂回曲折地前进。正因为水能够因地而流，所以才能适应各种千变万化的环境；（同样的道理）做事情如能因势利导，就没有任何事情办不成。新天泽在水中领悟到了的智慧，才有了今天在商海搏击的正确方略，即：守正不偏，乘势而为则事业兴旺，出奇制胜，顺势而为则事业昌盛。《孙子兵法》中就说："凡是战事，都是靠正面作战，辅之以出奇制胜之术。整个战势的发展不过就是这相辅相成的两个方面，二者之间的变化，可以说是不可穷尽的。""势"是千载难逢的机遇，是千万不可错失的；"势"也是事态发展的必然趋势，是不可以违背的。当"势"出现的时候，并不是任何人都能把握得住，必须要有能够洞见"势"的智慧的人；能够把握到这个"势"的，并不一定就能够乘势而为，而必须有坚守正道且意志坚定的人；能够乘势而为的，并不是一定都能顺势而为，必须要有善于出奇制胜的人；能够顺势而为的，也并不一定能够获得最终的成功，必须要有懂得经商王道的人。所以，有对形势、态势、趋势的分析判断与把握能力的人，才能够凭势而为并不断地去创造价值；能够凭势而为并不断创造价值的人，才能傲然于滚滚"商潮"之巅，让自己立于不败之地。

新天泽之业，承天之泽，天必佑之。
新天泽之兴，事在日新，功在人为。

新天泽的事业，沐浴在今天这个伟大时代的雨露之中，一定能够得到这个伟大时代的庇佑。

新天泽的发展，关键在创新，最终的成功则要靠每一个新天泽人始终坚持不懈地努力与奋斗。

阅道于心　悦道于行

阅道于心　悦道于行[①]

业精于术，兴于道。术者，形于外、显于器、成于物；道者，隐于内、发于微、至于理。道，原初之始，原理之端，原创之源。道一而术变无穷，幻兮炫兮似无常，而成物之万象，欣欣然而蓬勃，道生一、一生二、二生三、三生万物[②]，盎然生机，兴旺而盛。

阅道者，探"道"之精微，究"道"之至理，穷"道"之玄远。然大道至简于无，耳不可闻、目不可见、手不可及，非"心"不可得之。故阅道于心，是以吾心会"道"，故曰"悟"。悟有所觉，若存若亡，心领神会而知"道"之妙，不可言说。道法于天，而有天道焉；道法于地，而有地道焉；道法于人，而有人道焉。欲兴其业，阅道于心，循道而为，顺势而成。

悟道之"妙"，焕若发蒙，既神会之，必神往之。故阅道于心者，必悦道于行。知之者不如好之者，好之者不如乐之者[③]，斯言即是！知之似有存，好之似以求，悦道于行，乐而忘之，不知不觉，道归于无，隐于玄虚之境。然阅道于心者，道常发于心而有灵犀之慧，以助术以神力。术万变不离其宗，出神入化，玄虚之道也。故道法深者，其术亦高。道术兼修，终成大业。

阅道于心，悦道于行。以玄之又玄之道，启事业众妙之门[④]。善哉！

注释

① 本文系重庆阅道文化传播有限公司企业文化赋文。

② 道生一，一生二，二生三，三生万物：出自《道德经》。

③ 知之者不如好之者，好之者不如乐之者：出自《论语·雍也》。

④ 以玄之又玄之道，启事业众妙之门："玄之又玄，众妙之门"出自《道德经》第一章。其原文为："道可道，非常道；名可名，非常名。无名，天地之始，有名，万物之母。故常无欲，以观其妙，常有欲，以观其徼。此两者同出而异名，同谓之玄，玄之又玄，众妙之门。"

译文

业精于术，兴于道。术者，形于外、显于器、成于物；道者，隐于内、发于微、至于理。道，原初之始，原理之端，原创之源。道一而术变无穷，幻兮炫兮似无常，而成物之万象，欣欣然而蓬勃。道生一、一生二、二生三、三生万物，盎然生机，兴旺而盛。

如果说要把业内的事情做好做精依靠的是术（专业技艺）的话，那么，要把业内的事业做得兴旺兴盛则依靠的是道。"术"是可以对外展示出来的，是可以在具体的器物中显示出来的，是可以在它制造出来的物品中看得见其成效的；"道"，隐藏在术中，隐发于精微之处，它内在隐蕴着"业"中最精深、最深刻的至理。"道"是一切原初的起始，一切原理的发端，一切原创的本源。道恒一而术却变化无穷，从而创造出梦幻又绚丽多姿，却又让人感觉难以捕捉其"玄机"的万般景象，呈现出欣欣向荣又蓬勃发展的态势。这就是道，它从"零"到"一"，然后再由"一"衍生出"二"，由"二"衍生出"三"，由"三"衍生出无穷之万物，于是天地之间充满了活力与生机，万事万物都兴旺而繁盛。

阅道者，探"道"之精微，究"道"之至理，穷"道"之玄远。然大道至简于无，耳不可闻、目不可见、手不可及，非"心"不可得之。故阅道于心，是以吾心会"道"，故曰"悟"。悟有所觉，若存若亡，心领神会而知"道"之妙，不可言说。道法于天，而有天道焉；道法于地，而有地道焉；道法于人，而有人道焉。欲兴其业，阅道于心，循道而为，顺势而成。

"阅道"的意思，就是要去探寻"道"的精微，去探究"道"所蕴含的真理，去穷究"道"难以捉摸的玄远意义。然而越是深奥的道理，越是简单得就像根本就不存在一样，我们的耳朵听不见，我们的眼睛看不见，我们的双手摸不着，除非我们用"心"去感悟，否则我们是根本不可能感知到它的存在。因此，用

"心"去"阅"道，就是要用心去意会，即"悟"。在"悟"中去觉察那仿佛存在，又仿佛不存在的"道"，而当我们心领神会地感悟到了"道"的存在的时候，你就会发现其奥妙之处其实是无法言说的。这个道，效法于天，揭示的就是天的奥秘；效法于地，揭示的就是地的奥秘；效法于人，揭示的就是人的奥秘。所以，如果我们希望事业兴盛，就必须用心去"阅"道，循"道"的"玄理"去作为，顺"道"的形势而成事业。

悟道之"妙"，焕若发蒙，既神会之，必神往之。故阅道于心者，必悦道于行。知之者不如好之者，好之者不如乐之者，斯言即是！知之似有存，好之似以求，悦道于行，乐而忘之，不知不觉，道归于无，隐于玄虚之境。然阅道于心者，道常发于心而有灵犀之慧，以助术以神力。术万变不离其宗，出神入化，玄虚之道也。故道法深者，其术亦高。道术兼修，终成大业。

（通过"阅"道）一旦领悟到了"道"之奥妙，我们就会发现自己忽然就茅塞顿开、精神焕发了起来，不仅对"道"心领神会，而且心驰神往。可见，真正"阅"道于心的人，必然会"悦"道于行。孔子说："知之者不如好之者；好之者不如乐之者。"这句话讲得真是对极了！知晓了那若存若亡的"道"的存在，自己的内心似乎七升腾起对"道"的向往，于是带着无比愉悦的心情去追寻，以至于快乐得似乎忘记了自己要去做什么，但却在不知不觉中发现自己与"道"同归于虚无之中，隐匿在那玄虚缥缈的境地。然而，只有真正做到将"道"心领神会于心中的人（即达到与道合一而至忘我境界），蕴含在"道"中的玄理才会时常萌发于内心而让自己有一种灵犀般的智慧，这灵犀般的智慧会让我们的"术"有如神力相助一般。"术"变化无穷却万变不离其宗，（专业技艺的施展）达到一种出神入化的境界，这就是隐匿在玄虚之中的"道"的功效。所以，只有"道法"精深的人，其技艺才高超，才能在道术兼修的过程中去成就伟大的事业。

阅道于心，悦道于行。以玄之又玄之道，启事业众妙之门。善哉！

阅道于心，悦道于行。用那看似玄之又玄的"道"，去开启事业发展那奥妙无比的兴盛之门。这真是太好了！

　　如我前言所述，"训"的文化体裁其实是具有教导或劝诫性质的箴言，因此，对"训"的文化体裁运用得最广泛的就是学校。在学校的校园文化建设中，"一训三风"的文化范式已经成为各个学校最常规、最普遍的模式。因此，本书所收录的赋文除了少量为企业所撰写的外，大部分都是为学校创作的。

　　2023年暑期，来自全国各地共12所学校的800余名中学生来到西南大学参加"乘风破浪的少年"主题夏令营活动，我应邀为夏令营创作一首主题曲，一位好友给我说："你写了那么多校训赋，为何不将各学校的校训串联起来为歌曲作词呢？"我听后大受启发，于是创作了一首以这12所学校的"校训"贯通全文的《桃李颂》。本来"后记"并不是一本书不可或缺的内容，所以最初我也并没有为本书作"后记"的打算，倒是因为这篇《桃李颂》，让我觉得如果不趁着这本书的出版分享给大家，对我自己而言始终都会是一个遗憾，故专作后记以载之：

桃李颂

山高路遥　缙云苍苍
特立西南　岁月沧桑
江河水长　嘉陵泱泱
学行天下　桃李芬芳

临高望远　慨当以慷
观山见湖　扬帆起桨
锲而不舍　日就月将
启德开智　德才昭彰
求真尚美　溢彩流香
因材而笃　禀赋扬张
卓尔缤纷　灼灼华章
淬炼成器　熠熠其光

天高海阔　壮志铿锵
云程发轫　行进无疆
道不远人　五育为纲
为仁由己　大道汤汤
力行近仁　振我乡邦
文武尽胜　九合一匡
大美乾坤　日出东方
复兴使命　吾辈担当

其词"前四句"为引言。"山高路遥，缙云苍苍""江河水长，嘉陵泱泱"言指西南大学地处重庆北碚之缙云山下、嘉陵江边；"岁月沧桑""桃李芬芳"言指西南大学源于1905年的"川东师范学堂"，办学历史悠久，百余年来为社会培养了数以万计的优秀人才；"特立西南""学行天下"则是西南大学所倡导的大学精神。

　　其词"中八句"为上阕。"临高望远"出自海南省西南大学临高实验中学校训"临高望远，厚德博学"；"观山见湖"出自贵州省西南大学贵阳实验学校校训"观山见湖，有美必臻"；"锲而不舍"出自云南省昭通市镇雄县第一中学校训"锲而不舍，臻于至善"；"日就月将"出自海南省临高县博文学校校训"博文约礼，日就月将"；"启德开智"出自云南省昆明市官渡区西南官渡实验学校校训"启德开智，融会贯通"；"求真尚美"出自海南省西南大学三亚中学校训"养德弘善，求真尚美"；"因材而笃"出自四川省雅安市荣经实验学校的校训"因材而笃，淬炼成器"；"卓尔缤纷"出自海南省东方市西大实验学校校训"各美其美，卓尔缤纷"。

　　其词"后八句"为下阕。"天高海阔"出自海南省东方市西南大学东方实验中学校训"天高海阔，志远行笃"；"云程发轫"出自贵州省三穗县民族高级中学校训"云程发轫，春华秋实"；"行进无疆"出自四川省宜宾市长宁县培风中学校训赋文中的"以培风图南之志，日进无疆"；"道不远人"出自西南大学基础教育集团学训"力行近仁，道不远人"；"为仁由己"出自西南大学基础教育集团师训"仁者爱人，为仁由己"；"振我乡邦"出自四川省宜宾市长宁县培风中学校训赋文中的"培成风气兴我乡邦"；"文武尽胜"出自四川省广安市武胜县龙女湖中学校训"道术兼修，文武尽胜"。

　　鉴于这篇《桃李颂》荟萃了12所学校的校训，且其赋文均为本书所收录，故以之代为本书之后记。

邹顺康

二〇二五年三月三日